Mircea Eliade

Incognito à Buchenwald...

précédé de

Adieu !...

*Traduit du roumain
par Alain Paruit*

Gallimard

Ces nouvelles sont extraites du recueil *Les Trois Grâces*
(collection Du monde entier, 1984)

Titres originaux :

ADIO !...
INCOGNITO LA BUCHENWALD

Né en 1907 à Bucarest où son père est capitaine dans l'armée roumaine, Mircea Eliade s'intéresse très jeune à l'écriture, la philosophie et les langues. Vers l'âge de vingt ans, il parle déjà allemand, anglais, français et italien ! Étudiant en philosophie à l'université de Bucarest, il rédige un mémoire sur les philosophes de la Renaissance italienne et rencontre Cioran et Ionesco avec qui il se lie d'amitié. En 1928, il obtient une bourse et part vivre quelques années en Inde. Il s'initie au sanskrit, rencontre Tagore et prépare une thèse de doctorat sur le yoga avant de revenir enseigner à Bucarest. Son premier roman, *La nuit bengali,* paraît en 1933 : Allan, jeune ingénieur européen, travaille aux Indes. Son chef, un Bengali, l'admet dans sa famille jusqu'à ce qu'un violent amour naisse entre Allan et la fille de la maison, Maitreyi… En 1934, il se marie et voyage à travers l'Europe. Il rêve de renouveau pour son pays et se laisse influencer par les idées de l'extrême droite, ce qui lui vaut quelques mois de prison. En 1940, Eliade est nommé attaché culturel à Londres, puis à Lisbonne, avant de s'installer à Paris à la fin de la guerre. Invité par Georges Dumézil à présenter son travail sur l'histoire des religions, il devient professeur à l'École des hautes études et commence à écrire directement en français. *Le mythe de l'éternel retour* paraît en 1949, un passionnant essai qui pourrait s'intituler « Introduction à une philosophie de l'histoire ». Il enseigne ensuite à la Sorbonne, dans diverses universités européennes, et à partir de 1957 il est titulaire de la chaire d'histoire des religions à l'université de Chicago. Paraissent ensuite des essais : *Le sacré et le profane, La nostagie des origines*, ainsi que des romans et nouvelles : *Le vieil homme et l'officier, Noces au paradis, Le temps d'un centenaire* (porté à l'écran en 2007 par Francis Ford Coppola sous le titre *L'homme sans âge*). Il meurt le 22 avril 1986 à Chicago.

Autorité reconnue dans le domaine de l'histoire des religions, Mircea Eliade a enrichi sa réflexion théorique d'une œuvre romanesque dense, mais non dénuée d'humour.

Découvrez, lisez ou relisez les livres de Mircea Eliade :

ASPECTS DU MYTHE (Folio Essais n° 100)

LES DIX-NEUF ROSES (Folio n° 2825)

INITIATION, RITES, SOCIÉTÉS SECRÈTES (Folio Essais n° 196)

MÉPHISTOPHÉLÈS ET L'ANDROGYNE (Folio Essais n° 270)

LE MYTHE DE L'ÉTERNEL RETOUR (Folio Essais n° 120)

NOCES AU PARADIS (L'Imaginaire n° 170)

LE VIEIL HOMME ET L'OFFICIER (L'Imaginaire n° 88)

LA NOSTALGIE DES ORIGINES (Folio Essais n° 164)

LA NUIT BENGALI (Folio n° 1087)

LE SACRÉ ET LE PROFANE (Folio Essais n° 82)

TECHNIQUES DU YOGA (Folio Essais n° 246)

LE TEMPS D'UN CENTENAIRE (Folio n° 4652)

Adieu !...

Si je me décide un jour à écrire une pièce de théâtre, voilà comment je ferai :

Un acteur apparaît devant le rideau, s'approche de la rampe et crie : *Adieu !...* Il promène longuement ses regards dans la salle comme s'il y cherchait quelqu'un et crie une deuxième fois : *Adieu !...* Puis, après un silence prolongé, pesant, il ajoute : *C'était tout ce que j'avais à vous dire : Adieu !...* Habilement, avec émotion (puisqu'il est comédien), il lève les bras ou fait quelque autre geste pour prendre congé et, discrètement mais d'un air attristé (laissant entendre qu'il n'y a pas d'autre solution), il s'éloigne lentement et disparaît derrière le rideau.

Évidemment, le public ne comprendra pas. Il croira que cela fait partie de la pièce et il attendra la suite. Certains tourneront la tête, regarderont au fond de la salle, se mettront à bavarder — en attendant. En vain. Le rideau ne se lèvera pas. Mais on commencera à entendre des bruits sur la scène, derrière le rideau, puis des voix, un cri de femme, d'autres voix, comme si plusieurs hommes déclamaient ensemble le même texte, formé de propositions courtes et quelque peu menaçantes. Au fond de la salle, les spectateurs, des étudiants pour la plupart, éclateront de rire. Certains se lèveront, espérant peut-être ainsi réussir à voir ce qui se passe. Les autres protesteront, crieront : « Assis ! Assis ! » Puis, tout à coup, ceux des premiers rangs se mettront à applaudir, imités aussitôt par le reste de la salle — une véritable salve, des hourras, et les étudiants marqueront la cadence en frappant le sol à pieds joints.

Alors, venant d'un coin que je n'ai pas encore précisé, quelqu'un, un homme entre deux âges, mais à la figure pâle, mélancolique, se dirigera vers la scène. Les applaudissements cesseront pendant un instant, pour reprendre de plus belle jusqu'à ce que l'homme lève les bras, et qu'il commence, avant que le silence ne s'installe complètement. (De ce fait, on n'entendra pas ses premières paroles. Les spectateurs s'interrogeront mutuellement : « Qu'est-ce qu'il a dit ? Qu'est-ce qu'il a dit ? »)

— Au nom du directeur, mais aussi au nom de mes camarades, je vous prie, nous vous prions de faire silence. Il m'est difficile de vous expliquer pourquoi, mais, croyez-moi, j'ai essayé de me récuser. « Envoyez quelqu'un d'autre, monsieur le directeur, lui ai-je dit, je l'ai même supplié. Choisissez quelqu'un qui sache parler directement — Darius, par exemple, ou Melania. Vous le savez — je m'adressais au directeur —, vous me connaissez bien : je ne suis bon que pour les langages indirects. Demandez-moi de leur expliquer pourquoi c'est maintenant, au début de l'automne, que le soleil s'incline vers le nord, alors des allusions et des images et des allégories, j'en trouverai des dizaines, d'innombrables, variées et séduisantes. Mais pourquoi justement moi, en ce moment, *lorsque nous n'avons pas encore dépassé la première scène ?* »

— Plus fort ! Parlez plus fort ! a crié quelqu'un au fond de la salle.

— J'aurai du mal, parce que mon monologue... Je peux vous le dire : pour le monologue du deux, j'ai refusé des engagements en province, des rôles prestigieux...

— Plus fort ! a-t-on crié de nouveau.

— Je vous disais que j'aurais du mal, parce que le monologue dont je vous parlais doit être prononcé presque *sotto voce.* Je me faufilerai entre les tonneaux, je me tournerai vers vous et je monologuerai, mais vous ne m'entendrez pas. Et vous ne pourrez pas me voir non plus, parce qu'entre vous et nous il y a le rideau...

— Mais parlez donc plus fort ! a crié une dame en se levant brusquement. (Une dame âgée.)

Quelques personnes ont éclaté de rire, d'autres ont applaudi. Mais on a entendu un sévère

« chut ! » et la salle s'est figée dans un profond silence, brisé quelques instants plus tard par une voix forte, que l'épaisseur du rideau n'assourdissait pas. Elle avait probablement donné un ordre, car des hourras lointains ont retenti, mais également des sanglots, très près du rideau. Indubitablement des pleurs de femme. L'acteur, surpris, a tourné la tête.

— Ce que le temps passe vite ici, chez vous ! s'est-il écrié. On dirait qu'il vole ! Nous en sommes déjà à la troisième scène, peut-être la plus mystérieuse. La plus tragique, en tout cas. Croyez-moi, c'est dur, dur... Comment vous expliquer ? Ce que le directeur aurait voulu, je le sais bien. Il aurait voulu que je vous dise, poliment mais avec beaucoup de sympathie, que nous, comme convenu, nous avons commencé le spectacle à huit heures trente et que nous vous prions d'être compréhensifs, de ne pas faire trop de bruit. Certes, ce rideau est vieux et donc solide, il amortit les bruits. Mais si vous riez trop fort ou si vous applaudissez ou si vous tapez des pieds, ça s'entend quand même derrière. Or, il y a des scènes d'une grande subtilité, des monologues dits presque à voix basse, des dialogues imperceptibles, car pourquoi répondrions-nous aussitôt à quelqu'un d'inconnu ou de trop éloigné de nous ? Nous répondons lorsque nous le jugeons bon. Nous avons le temps. Je vous le répète : apparemment, le spectacle doit s'achever à onze heures trente-cinq mais, en réalité, *nous avons le temps*. Nous ne sommes pas pressés...

Il s'apprêtait visiblement à sourire, mais il se ravisa, se passa la main sur les lèvres, se caressa la barbe. À ce moment précis, le rideau frémit pendant un instant, d'un bout à l'autre, comme secoué par le vent, et l'on entendit un bruit sourd, impossible à identifier.

— Quelqu'un est tombé ! s'écria un jeune homme assis au premier rang, et il fit mine de se lever.

— Vous voyez, c'est justement ce que je voulais vous dire, reprit le comédien. Nous ne nous entendons plus. Nous avons d'abord cru que c'était à cause du rideau, que le rideau nous séparait. Qu'au fond, un gouffre se creusait entre nous du simple fait que vous formez le public tandis que nous sommes les acteurs. Mais ce n'est pas cela. Quoi qu'on en dise, d'un côté du rideau comme de l'autre, nous sommes tous des êtres humains. *C'est à cause du Temps*. Nous, nous avons le temps, nous ne sommes pas pressés, et alors, tout ce que nous nous disons, *nous, entre nous*, tout simplement...

Il hésita de nouveau et se caressa le menton :

— À la vérité, ce n'est pas aussi simple. Mais nous ne nous comprenons pas. Vous ne pouvez pas nous comprendre, bien que nous parlions apparemment le même langage. Qui parmi vous n'a pas compris ce mot simple, pathétique, si ce n'est carrément tragique : *Adieu* ? Et pourtant, tout à l'heure, lorsque mon camarade vous a expliqué que *c'était tout, c'était tout ce que nous avions à dire*, vous avez éclaté de rire, vous vous êtes mis à applaudir et à taper du pied… Mais, encore une fois, le directeur tout comme nous, les acteurs, nous vous demandons une seule chose : le silence. Ou bien, si vous n'avez pas la patience d'attendre jusqu'à la fin du spectacle à onze heures trente-cinq, vous pouvez vous en aller, vous pouvez rentrer chez vous. Vous avez certainement bien d'autres choses à faire…

Il s'inclina comme s'il allait se retirer. Mais les spectateurs des premiers rangs se dressèrent brusquement. L'un essaya de crier : « Nous ne sommes pas un public ordinaire ! » Il avait une voix grave, il paraissait ému, on entendit à peine ses paroles. Mais ses voisins du premier rang lui firent écho.

— Nous ne sommes pas un public ordinaire ! répétèrent-ils. Nous avons appris, nous nous sommes préparés…

— Pendant l'été, continuèrent d'autres. Nous avons lu des livres difficiles !

— Nous avons étudié, précisèrent d'autres encore. Nous nous sommes préparés.

— *Pour vous comprendre !* éclata de nouveau le monsieur à la voix grave. Nous attendions l'automne… *Nous attendions l'automne*, répéta-t-il, si ému qu'il ne parvint pas à poursuivre.

— L'été passait, reprit son voisin.

— Mais nous ne le regrettions pas, enchaînèrent d'autres spectateurs.

— Nous nous disions : « Ça ne fait rien ! Ça ne fait rien ! Cet automne, le théâtre va rouvrir... »

— Le théâtre ! s'écrièrent quelques étudiants enthousiastes, debout sur leurs sièges. *Vie, idées, imagination !...*

— Quand j'ai lu le titre sur la première affiche, confessa une jeune femme avec ferveur, *j'ai compris !*

— Nous avons compris ! répétèrent, debout, plusieurs personnes.

Le comédien les écoutait, avec sympathie et pourtant d'un air absent, en hochant la tête par moments. Il leva les bras et, avant que le silence ne se fût rétabli, commença :

— C'est exactement ce que je lui ai dit quand je l'ai prévenu : « Monsieur le directeur, la cinquième scène ! Il faut que nous nous préparions pour la scène cinq, parce qu'ils se sont préparés aussi. Ils ont eu tout l'été pour se préparer. Ils ont peut-être appris le sanskrit ; en tout cas, ils ont étudié l'anthropologie, les mythes, les structures. À la première, surtout, nous aurons un public instruit, sans doute beaucoup d'étudiants. Il faudra lever le rideau... »

Le silence s'était rétabli dans la salle, de sorte qu'on entendit presque entièrement les derniers mots. « Maintenant, ça commence pour de bon, chuchota quelqu'un. C'est le début. »

(Évidemment, tout le monde ne comprit pas. « Qu'est-ce qu'il veut dire ? » demanda une jeune femme, tout bas mais avec insistance. « C'est un texte difficile, lui expliqua son compagnon. Un texte poétique, plein d'allusions énigmatiques. »)

Le comédien était resté au milieu de la scène, le regard dans le vague, comme s'il se demandait ce qu'il faisait là.

— *Pour l'amour de Dieu !* fit une voix, très claire, derrière le rideau.

Les spectateurs osaient à peine respirer. Lentement, sans y croire eût-on dit, l'acteur tâta le rideau. Ayant trouvé le bord qu'il cherchait, il se mit à tirer.

— Scène cinq, annonça-t-il. D'un certain point de vue...

Mais personne ne l'écoutait plus. Bien que le rideau ne fût qu'à moitié levé, l'essentiel était là : belle, une jeune femme, une belle jeune femme, aux cheveux tombant sur les épaules, les mains dans le dos. Et tout le monde comprit qu'elle avait les mains dans le dos parce qu'elles étaient attachées. Devant elle, un homme presque vieux, contrarié, le regard fixé au sol. Mais à peine les spectateurs eurent-ils le temps de le voir, de comprendre qu'il était contrarié, qu'il n'osait pas lever les yeux, que le vieillard disparut. Quelques pas seulement, et il disparaît derrière le rideau. La jeune fille semble s'éveiller, au sortir d'un rêve. Elle regarde autour d'elle et son visage s'illumine insensiblement. Sourit-elle ? se demandèrent quelques-uns. Mais ils n'eurent pas le temps de répondre : le rideau, que le comédien retenait au prix d'un gros effort, retomba brusquement et toute la salle frémit, déçue.

— Je vous prie de ne pas applaudir, dit l'acteur en s'approchant de la rampe, car la scène cinq ne s'est pas encore achevée. Comme je vous le disais, et comme le disait aussi notre directeur...

— Plus fort ! crièrent quelques étudiants au poulailler.

Exaspéré, le comédien leva les bras en l'air.

— Silence, s'il vous plaît, s'il vous plaît, murmura-t-il. Acceptez ce sacrifice. Ça ne va pas durer longtemps, mais pour nous c'est une scène capitale. Pensez à votre enfance, rappelez-vous les amis que vous avez perdus...

De longs hourras éclatèrent à ce moment-là derrière le rideau. L'acteur tourna la tête, visiblement ému. Puis on entendit quelques voix, aussitôt couvertes par de nouveaux hourras. Tout à coup, les spectateurs perdirent patience. Ils se mirent à taper des mains, à taper des pieds. Le comédien les suppliait en vain, les bras en l'air. Les étudiants étaient déchaînés. Alors surgit, devant le rideau, la jeune fille.

— Qu'est-ce qui se passe ici ? cria-t-elle d'une voix sévère, étonnamment grave, presque vulgaire. Vous avez peut-être oublié que vous êtes au théâtre ! Si vous ne comprenez pas, vous n'avez qu'à sortir sur la pointe des pieds. Passez à la caisse et on vous remboursera.

— Nous comprenons, dit un jeune homme, sur un ton calme et pourtant menaçant. Jusqu'ici, nous avons fort bien compris. C'est le mystère du Père. Mais nous voulons voir ce qui va suivre. Pourquoi avez-vous baissé le rideau ?

La jeune fille le regarda, l'air concentré, comme si elle ne comprenait pas.

— Qui a baissé le rideau ? demanda-t-elle.

— Votre camarade, répondit le jeune homme, soudainement intimidé.

— Je ne comprends pas ce que vous voulez dire. Nous ne tenons pas compte du rideau. C'est d'ailleurs la grande nouveauté de la pièce : nous jouons comme s'il n'y en avait pas. L'auteur a conservé la division en scènes et en actes, mais il a supprimé le rideau. Et la raison pour laquelle il a adopté ce procédé est évidente. Il est plus proche de la réalité, de la vie. La vie connaît des scènes, on peut affirmer qu'elle est divisée en actes, mais le rideau tombe une seule fois. Si vous ne comprenez même pas cela...

Elle haussa les épaules et se tut.

— Et pourtant, reprit le jeune homme, auquel revenait le courage, pourtant *quelqu'un a baissé le rideau*. Tout à l'heure. Le rideau qui se trouve derrière vous. Et seul pouvait le baisser celui qui l'avait levé : votre camarade !

Et il le montra du doigt.

— Il a raison ! s'écrièrent plusieurs spectateurs. Nous l'avons vu aussi. Nous l'avons vu le lâcher.

La jeune femme se tourna vers son camarade et lui lança un regard interrogateur et exaspéré à la fois.

— Je leur ai dit, expliqua l'acteur d'une voix très triste, je leur ai dit qu'ils ne comprenaient pas. Ils ont eu beau se préparer pendant l'été, ils ont eu beau apprendre, *quoi que nous fassions, ils ne comprennent pas !*

— Ou bien ils comprennent, murmura la jeune fille, mais ils comprennent tout à l'envers...

— Plus fort ! Pour l'amour de Dieu, parlez plus fort ! crièrent les étudiants.

La jeune fille secoua sa chevelure, se croisa les mains dans le dos et fit un pas vers le public :

— Tout comme mon camarade, j'ai essayé de me récuser. « Ce n'est pas mon emploi, monsieur le directeur, lui ai-je dit. Vous voulez que je leur explique, mais comment leur expliquer ? Si vous me permettiez de danser, ce serait facile, je leur expliquerais. Mais je sais, poursuivit-elle à mi-voix, l'auteur ne veut pas. Il dit qu'il est professeur et alors il a peur d'être mal compris... »

Quelques cris fusèrent :

— Plus fort, mademoiselle !

— Bref, je l'ai prié, je l'ai supplié : « Choisissez-en un autre, monsieur le directeur, choisissez un homme, si possible un homme ayant de profonds sentiments religieux, Darius par exemple. Quelqu'un qu'ils écouteront, *qu'ils entendront !*» cria-t-elle aussi fort qu'elle put.

— Voilà ! Voilà ! firent quelques étudiants pour l'encourager.

— *Choisissez le Fils de Dieu, engendré et non créé !* cria la jeune fille de toutes ses forces.

Puis, brusquement, elle porta la main à son front et, très pâle, regarda autour d'elle.

— Je vous prie de m'excuser, chuchota-t-elle. Je ne devais pas vous dire cela. Cela, c'était dans la onzième scène...

— Oui et non, précisa quelqu'un. C'était d'abord dans le *Credo* de Nicée.

— Qu'est-ce qu'il dit ? Qu'est-ce qu'il dit ? demandèrent plusieurs personnes.

— Je crois en un seul Dieu, et cætera, *engendré et non créé*, répéta le spectateur du premier rang. (Un homme encore jeune, intelligent, érudit, à l'humour vif.)

— Et alors ? Ça n'a rien à voir ! s'exclama un autre spectateur.

— Si, ça a à voir, puisque mademoiselle prétend que cela fait partie de la onzième scène. Si oui, c'est un plagiat...

— Ou une citation.

— Cela dépend du contexte, dit un étudiant.

— Et surtout de la façon dont c'est prononcé, ajouta son voisin.

— Qu'elle nous dise comment elle le prononce ! crièrent les étudiants.

La jeune fille porta de nouveau les mains à ses tempes. On voyait bien qu'elle était troublée. C'est peut-être pourquoi le silence s'installa d'un seul coup dans la salle.

— C'est très difficile à vous expliquer, commença-t-elle en esquissant un vague sourire, à vous dire comment je le prononce. Parce que vous devriez connaître au préalable mon état d'âme. Et, pour comprendre mon état d'âme, vous devriez connaître mon passé, mon origine sociale, les problèmes qui me préoccupent depuis ma plus tendre enfance. Car, dès mon enfance, je me suis sentie attirée par tout ce qui m'était inconnu. Jusqu'à un beau jour, oui, je m'en souviens parfaitement, il n'y a pas longtemps, c'était une journée d'été, une journée de cet été. Je passais dans la rue quand j'ai vu qu'on annonçait une pièce, *Adieu !* J'ai été profondément émue. J'ai compris. Quelqu'un que je ne connaissais pas, mais que j'attendais, que j'aimais peut-être déjà sans m'en rendre compte, quelqu'un qui aurait pu jouer un rôle décisif dans ma vie, qui aurait pu me rendre heureuse... Ah ! je m'exprime mal, il ne s'agissait pas de bonheur, de ce que nous appelons bonheur, mais de quelque chose de plus noble et de bien plus profond... Bref, ce quelqu'un que je n'avais pas encore eu le temps de connaître alors même que je l'attendais, que je le cherchais peut-être, cet homme me disait *à moi*, une inconnue qui contemplait l'affiche les larmes aux yeux (car le titre était imprimé en lettres énormes, qui vous faisaient mal, qui vous étranglaient), cet homme me disait : *Adieu !* J'ai compris et j'ai éclaté en sanglots, là, devant l'affiche. J'ai compris qu'il n'y avait plus d'espoir, que je ne le rencontrerais jamais plus, car il avait pris congé de nous. Il a juste eu le temps de nous dire, de me dire, *à moi* en premier lieu, de me dire : *Adieu !* Je pleurais devant l'affiche quand il s'est approché de moi. Je l'ai reconnu aussitôt ; c'était le directeur. Il m'a demandé si je ne voulais pas tenir le rôle de Melania et il me l'a montré sur l'affiche : en effet, il était joué par Melania, car elle s'appelait ainsi, Melania. J'hésitais. « Je sais à quoi vous pensez, m'a dit le directeur, mais il ne s'agit pas d'une doublure. Je vous propose le rôle de Melania. C'est un rôle difficile, mais plein de surprises. » J'hésitais. « Moi, je suis danseuse, lui ai-je répondu. Je m'exprime par la danse. » Il m'a regardée d'un air surpris et j'ai eu l'impression qu'il était déçu. « Alors, ce sera dur, a-t-il dit. Ce sera dur à cause du professeur… » Moi, évidemment, je n'en savais rien. Et maintenant que j'y réfléchis, je me demande qui le savait. Vous le saviez, vous ? Répondez franchement, vous le saviez ?

Un silence lourd, embarrassé, presque coupable, pesa sur la salle. Une voix timide finit par le rompre :

— Qu'est-ce que nous aurions dû savoir ?

— Que ce serait dur à cause du professeur.

— Nous ne le savions pas, avouèrent de nombreux spectateurs (mais presque personne n'osait lever les yeux).

— Naturellement ! Excepté le directeur, personne ne le savait...

— Mais lui, le directeur, comment le savait-il ? demanda le monsieur du premier rang.

La jeune femme lui jeta un regard étonné.

— Nul n'ignore que l'histoire des religions est sa grande passion...

Le silence régnait à nouveau dans la salle. Un silence grave, recueilli.

— Pas toute l'histoire des religions, poursuivit Melania, mais l'essentiel : l'Inde, par exemple, le Tibet, le Japon. Vous vous en êtes rendu compte vous-mêmes lorsque vous l'avez vu interpréter la scène cinq : non pas comme un symbole, ce que souhaitait l'auteur, mais comme une réalité immédiate, *hic et nunc,* telle que l'entend par exemple le Mahayana quand il affirme que *nirvana* et *samsara* sont identiques...

— Je n'ai rien vu ! cria une dame âgée en se levant brusquement. Rien ! Absolument rien ! Pourtant, je l'ai étudié aussi, le Mahayana, et je sais dire quand il y a nirvana et quand il n'y a pas nirvana !

— Nous aussi, nous l'avons étudié ! crièrent plusieurs étudiants. Nous l'avons étudié dans l'original.

— Où est le directeur ? reprit la dame. Faites

venir le directeur, pour qu'on lui cause ! Vous nous prenez pour des ignorants ou quoi ?

— Le directeur ? demanda quelqu'un au fond de la salle. Ce soir, c'est moi le directeur...

Et il se dirigea nonchalamment vers la scène.

— Mais qu'est-ce que je pourrais vous expliquer ? Et surtout, quand ? ajouta-t-il en consultant sa montre. (Un chronomètre en argent.) L'entracte touche à sa fin. Dans trois ou quatre minutes, nous allons commencer le second acte et, peu de temps après, nous vous prierons à nouveau de garder le silence. Le deux est un acte intérieur par excellence, si vous voyez ce que je veux dire...

— Oui, nous comprenons, répondit un grand nombre de personnes.

— De longs silences, pesants, interrompus par des monologues. Certains monologues véritablement sublimes, mais à quoi bon puisque personne ne les entend ? *Sotto voce ?...* C'est peu dire. En fait, ce sont plutôt des méditations. Or, comme me le signale l'auteur, certains ermites, même parmi les plus illustres, s'endorment pendant qu'ils méditent. Et alors ils ne savent plus rien. Je veux dire : ils ne savent plus rien de ce qui leur arrive : retournent-ils au néant, se perdent-ils dans l'inconscient, se retrouvent-ils face à face avec Dieu ?

Accoté à la rampe, l'homme égrenait ses questions tout en promenant son regard à travers la salle comme s'il attendait une réponse. Mais personne n'osait en donner.

— Dans un certain sens, reprit le directeur, le mystère est impénétrable... Mais vous rendez-vous compte de ce que cela signifie pour un metteur en scène ? Comment *montrer* les silences, les longs, les arides silences qui traversent l'histoire des religions et desquels, au fond, elle est composée pour une bonne part, comme d'ailleurs toute autre histoire en général ?...

— Des silences ? Tout simplement des silences ? demanda quelqu'un.

— ... Lorsque rien d'important n'est plus dit, continua le directeur, lorsque les gens vivent comme vivaient les ancêtres de leurs ancêtres des centaines, des milliers d'années plus tôt, lorsque aucun dieu ni aucune idée n'est plus inventé, que tout se répète et *est répété surtout en silence* ? Comment présenter un *silence stérile*, lorsque rien de nouveau n'est plus dit parce que personne n'éprouve plus le besoin ou n'a plus le temps de dire quelque chose de nouveau, de significatif, de fécond ?... Dans le texte qu'il m'a récemment remis, le professeur suggère ce décor : des tonneaux et des gibets.

— Des tonneaux et quoi d'autre ? demanda quelqu'un de jeune.

— Des tonneaux et *des gi-bets*. Mais ça me semble trop *direct* et en même temps trop *symbolique,* si vous comprenez ce que je veux dire...

— Nous comprenons ! firent plusieurs voix à la fois.

— Autrement dit, des siècles ou même des millénaires durant, rien ne se passe dans le monde de l'esprit, rien ne se *crée*, mais l'histoire continue, les gens boivent et s'amusent afin d'oublier, les maîtres pendent afin de rester les maîtres. C'est une image trop appuyée. De toute évidence, la terreur de l'histoire est l'une des obsessions du professeur. Si vous avez lu *Le mythe de l'éternel retour*, vous vous rappelez…

— Des tonneaux, répétèrent quelques spectateurs, rêveurs. Des tonneaux…

— Le plus ennuyeux, c'est que le professeur n'arrête pas de changer l'ordre des scènes. Par exemple, ce qui était avant-hier la scène trois est devenu aujourd'hui la cinq, scène à laquelle, suivant les indications de l'auteur, vous avez vous-mêmes participé. Certes, je comprends aussi son point de vue : il est professeur et, en tant que tel, se tient au courant des dernières découvertes et publications parce que, il le reconnaît ouvertement, il ne veut pas trahir la vérité historique…

— Et pourtant, s'écria la dame âgée, ce qu'il dit être le Mahayana *n'est pas* le Mahayana !

Le directeur la regarda avec étonnement :

— Mais comment savez-vous ce qu'il dit du Mahayana ?

— D'après ce que vous nous avez montré tout à l'heure, quand la demoiselle avait les mains liées dans le dos et qu'un homme âgé... Enfin ! vous vous en souvenez tous, ajouta-t-elle en s'adressant au public.

— Nous nous en souvenons parfaitement ! répondit une foule de voix.

— Il est exact que cela n'est pas le Mahayana, confessa le directeur. La scène cinq, précédemment trois, présente la situation existentielle, mais non moins exemplaire, de l'Inde postvédique, donc un millier d'années au moins avant le Mahayana. Je pense que c'était tout à fait clair...

— Le mystère du Père ! s'exclama le jeune homme. (À sa voix, à tout son comportement, on voyait bien que c'était un intellectuel.)

— Je dirais plutôt le mystère de la découverte de l'esprit, de l'être, le mystère de la découverte de l'*atman.* Le vieillard courroucé, au regard fixant le sol, représente *le vieux monde,* en l'occurrence le polythéisme védique, l'idéologie et la praxiologie du sacrifice, et tout le reste. Il est courroucé parce qu'il sent que l'histoire l'a mis hors circulation. Et vous l'avez vu : il a disparu au bout de quelques instants, cinq secondes exactement, ce qui correspond aux cinq siècles qui séparent la dernière création védique de la première *Upanishad...*

Le public écoutait en retenant son souffle.

(« Les *Upanishad* ! entendit-on de plusieurs côtés à la fois. Je les ai lues. C'est sublime ! »)

— La jeune fille aux mains liées, Melania,

représente l'esprit, plus précisément l'*atman* : l'Esprit qui semble sortir d'un rêve et se rendre compte *qu'il avait seulement l'impression* d'être attaché. Une fois bien réveillée, Melania — autrement dit l'esprit, *atman* — comprend qu'elle n'a jamais été attachée, qu'au fond l'*atman* ne peut jamais être «attaché», c'est-à-dire asservi à la matière...

— Et le Mahayana alors? demanda la dame, avec une ombre de regret dans la voix. Il commence quand, le Mahayana?

Le directeur consulta de nouveau son chronomètre. Il ferma les yeux un instant, comme s'il faisait un rapide calcul mental, puis :

— Cela dépend de la perspective temporelle dans laquelle nous nous situons. Pour nous, je veux dire pour nous autres comédiens, qui participons au mystère, le Mahayana a eu lieu il y a exactement une minute et demie. Pour vous, le public, le Mahayana peut intervenir n'importe quand, cela dépend de la préparation personnelle de chacun de vous...

— Par conséquent, nous pouvons espérer? demanda la dame.

— Je pense que oui, répondit le directeur, encourageant.

(Plusieurs spectateurs eurent un sourire sceptique. Le directeur leur paraissait manquer de conviction.)

— Au fond, si j'ai bien compris..., bredouilla quelqu'un.

Le directeur l'interrompit d'un signe de la main, comme s'il voulait ajouter quelque chose. Et, aussitôt, on commença à entendre de nouveaux hourras, cette fois-ci plus timides, plus lointains. Le directeur les écoutait avec une attention soutenue, en hochant doucement la tête. Quand s'éteignit leur écho, peu après, il jeta un regard satisfait sur son chronomètre.

— C'était encore une scène intéressante, dit-il, bien qu'extrêmement difficile à jouer. Car le texte indique, *en même temps*, des monologues intérieurs, des méditations donc, et des hourras. Il est vrai que, cette fois-ci, les hourras sont plus modestes et que, chronométrés exactement, ils ne doivent pas dépasser huit secondes. Je m'empresse de préciser qu'il ne s'agit plus là de siècles : les secondes ne représentent pas des siècles, mais des personnages historiques. Or, c'est là que commence la grosse difficulté car, le texte étant extrêmement dense, on n'est jamais sûr des personnages historiques dont il est question. Vous avez compris, je pense, que je fais allusion à la campagne iconoclaste et anti-iconoclaste et simultanément à l'irruption de l'islam dans l'histoire.

— Au fond, si j'ai bien compris, fit une voix, nous avons affaire à une pièce inspirée de l'histoire des religions.

— Pas inspirée, rectifia le directeur en se dirigeant lentement vers le milieu de la salle. Comme il le dit, comme il le souligne, le titre,

Adieu !, résume et explique à la fois toute l'histoire des religions. On pouvait d'ailleurs s'y attendre, puisque l'auteur — il est peut-être bon que je le rappelle pour certains d'entre vous —, puisque l'auteur est un historien des religions. Or, que peut écrire un auteur, si ce n'est à propos de ce *qu'il sait* ou, plus précisément, de ce *qu'il est,* en tant que vocation ou que profession ? Un poète écrit de la poésie, un philosophe écrit à propos de philosophie. Qu'est-ce que vous voulez qu'écrive un professeur d'histoire des religions, surtout quand il se décide à écrire du théâtre ?

— Si j'ai bien compris, dit un spectateur assis au premier rang, c'est quelque chose de nouveau. Quelque chose qui n'avait pas été tenté jusqu'ici…

— Qui n'avait pas été tenté dans la perspective où se place l'auteur, précisa le directeur. Comme vous avez déjà pu le constater, l'auteur ne tient plus compte du rideau. Et il est facile de comprendre pourquoi. Selon sa conception — qui est l'aboutissement de ses études d'historien des religions —, le rideau ne peut être baissé *qu'une seule fois.*

— Quand nous mourons, murmura quelqu'un, peut-être surtout pour soi.

Mais le directeur l'entendit et hocha la tête d'un air déçu.

— Ah ! non, non, non ! s'exclama-t-il. Alors

nous ne nous entendons pas. Nous ne nous entendons même pas du tout...

Un frémissement parcourut la salle.

— Ce qu'il advient de nous, les hommes, ne saurait constituer le sujet d'une pièce de théâtre qui condense, qui distille même, toute l'histoire des religions. Comme l'un de vous le faisait remarquer tout à l'heure à juste titre, nous avons affaire à quelque chose de nouveau, à quelque chose qui n'avait pas été tenté jusqu'ici. Évidemment, en raison de la manière d'être de cette nouveauté, nous ne pouvons pas l'appréhender. Vous voyez ce que je veux dire...

La plupart des spectateurs hochèrent la tête, quelques-uns avec une certaine gravité.

— En refusant d'utiliser le rideau, l'auteur *le suppose* et *l'ignore* en même temps.

Le directeur promena son regard dans la salle afin de susciter des questions. Mais personne n'osa interrompre son exposé.

— Autrement dit, reprit-il, le rideau est et n'est pas, ou, pour être plus précis, *il existe* et en même temps *n'existe pas*. Du fait même qu'il existe pour vous, spectateurs, il cesse d'exister pour nous autres, acteurs. Vous comprenez ?

— Moi, je ne comprends pas ! s'écria la dame âgée en se levant une fois de plus. Et je ne comprends pas non plus pourquoi vous traînez tellement, pourquoi vous ne nous montrez pas le Mahayana.

— Je vous l'ai dit, répondit le directeur,

embarrassé, cela dépend de votre préparation personnelle.

— Mais je me suis préparée, moi ! protesta la dame. Et je suppose qu'il y en a d'autres dans le même cas, ajouta-t-elle en s'adressant au public.

— Bien sûr, nous nous sommes préparés ! crièrent plusieurs personnes.

— J'ai l'impression que vous nous prenez pour des ignorants, dit la dame. Vous avez peur que le texte soit trop difficile pour nous, voilà pourquoi vous ne levez pas le rideau. Vous croyez qu'il n'y a que vous, les initiés, les acteurs, qui soyez capables de comprendre la pièce.

Ses derniers mots furent étouffés par de puissants hourras. On les entendait de si près que le rideau en tremblait. Le directeur jeta un regard mécontent sur son chronomètre. Plusieurs spectateurs se levèrent, probablement dans l'espoir de voir quelque chose.

— Le rideau ! Le rideau ! crièrent les étudiants.

Mais, avant que le tumulte ne s'intensifiât, un comédien se précipita sur la scène, par la gauche. Son accoutrement était bizarre et, surtout, de mauvais goût : par-dessus son costume d'époque, qu'il n'avait eu le temps de retirer qu'en partie, il avait passé, certainement à la hâte, un vieux pyjama. Il ne s'était pas encore démaquillé et les spectateurs le reconnurent aisément : c'était Darius.

— Au nom de l'auteur, mais aussi en notre

nom, au nom des acteurs, s'exclama-t-il, je vous en prie, je vous en supplie : silence ! Nous nous approchons de la fin du second acte, peut-être le plus important pour bon nombre d'entre nous, surtout pour les jeunes. Si vous saviez quels sacrifices nous avons faits quand nous avons décidé de jouer *Adieu !* Surtout les plus jeunes d'entre nous. À quoi n'avons-nous pas renoncé ! À la critique, au public... Nous avons le droit de vous demander au moins cela : le silence !... Nous n'en avons plus pour long-temps...

— Onze minutes, précisa le directeur, du milieu de la salle.

— Pour vous ce n'est pas long, reprit Darius. Combien de fois par jour ne perdez-vous pas onze minutes ? Tandis que pour nous ce sont des minutes décisives, essentielles. Au fond, c'est pour cela que nous vivons, nous autres, comédiens, en particulier les jeunes : pour pouvoir jouer, une fois ou deux dans la vie, une pièce pareille...

Une partie des spectateurs l'écoutait avec sympathie, mais quelques-uns ne se laissaient toujours pas attendrir.

— Levez le rideau, suggéra le monsieur du premier rang.

— Levez-le au moins à moitié ! crièrent quelques personnes.

Melania et le premier acteur accoururent auprès de Darius et ils se mirent tous trois à faire des signes des mains. La plus grande partie du public ne comprit sans doute pas et le silence se rétablit dans la salle. Les comédiens commencèrent à parler, tantôt en même temps, tantôt à tour de rôle :

— Ce n'est pas possible ! Ce n'est pas possible parce que c'est contraire à la vérité historique. Pour vous, les spectateurs, le rideau *a été baissé avant votre arrivée*, on l'a baissé cet après-midi vers quatre heures et demie. Car *telle* est la vérité historique. Vous vivez au XXe siècle, très exactement en 1964, et *vous ne pouvez pas remonter le Temps*. Nous, nous le pouvons parce que nous sommes des acteurs, c'est-à-dire que nous participons au mystère, que nous revivons en condensé toute l'histoire des religions.

On entendit des cris de protestation :

— Nous pouvons le faire aussi !

— Ce n'est qu'une impression ! Une illusion. Essayez de vivre *réellement* au Moyen Âge, autrement dit dans le concret historique, non pas comme nous, les comédiens, qui jouons justement parce que nous sommes des comédiens, affranchis du contexte historique. Alors que vous, vous ne pouvez pas vous en affranchir, parce que vous ne savez pas — ou peut-être ne voulez-vous pas — jouer. Vous, vous êtes des personnes responsables et, en tant que telles, vous assumez en pleine conscience votre moment historique. Vous, vous pouvez vivre *uniquement* en 1964...

Des cris retentirent un peu de tous les côtés :

— Et alors, qu'est-ce que ça peut faire ? Qu'est-ce que ça peut faire ?

Les trois acteurs échangèrent des regards indécis.

— Comment leur expliquer, monsieur le directeur ? demanda Darius. Par où commencer et comment leur expliquer ? Si nous étions plus nombreux, ils comprendraient peut-être...

— Il vous reste six minutes, leur annonça le directeur. Vous devriez vous dépêcher.

Les trois acteurs reprirent courage. De petits groupes de comédiens et de comédiennes commencèrent à apparaître devant le rideau, des figurants vêtus de toutes sortes de costumes, certains quelque peu extravagants. (Ils portaient, par exemple, des heaumes, mais également des revolvers.) Melania les regardait chaleureusement.

— Vous les avez entendus, dit-elle en les montrant de la main. Durant tout l'été, nous avons répété ensemble les hourras. Et, après chaque répétition, nous avions tous les larmes aux yeux. Chaque voix représente quelque chose — un siècle, un symbole, un prophète. On n'a jamais entendu de hourras plus significatifs, plus chargés de messages, et pourtant impeccablement chronométrés. N'en jugez pas d'après ce que vous avez entendu ici, dans la salle. Les hourras, tout comme les monologues intérieurs, s'adressent à nous autres acteurs.

— Bon, cela, nous l'avons compris, dit le monsieur du premier rang. Mais pourquoi avez-vous baissé le rideau à quatre heures et demie?

— Parce que *cela correspond à la vérité historique!* cria Melania, incapable de cacher plus longtemps son exaspération. On vous a répété je ne sais combien de fois qu'*Adieu!* est une pièce historique qui résume toute l'histoire des religions.

— Pensez à Nietzsche! lança le directeur, toujours au milieu de la salle. Quand a-t-il proclamé pour la première fois la mort de Dieu? Vers 1880-1882. Faites le compte...

— Ce qui signifie...? demanda, en se levant, une dame encore jeune, distinguée.

— Ce qui signifie, répondit le directeur, que pour vous, qui faites partie de l'élite de la société occidentale moderne, Dieu est mort il y a plus de quatre-vingts ans. Suivant la conception de l'auteur, le rideau tombe une seule fois, vous avez compris quand. Non pas quand meurt un homme, puisque ce ne sont pas les hommes qui constituent l'objet de l'histoire des religions. Mais quand meurt Dieu, ou un dieu, prenez-le comme vous voudrez. Quoi qu'il en soit, en ce qui concerne votre dieu, sa mort a déjà été proclamée, voilà pourquoi on a baissé le rideau *avant* que vous n'entriez dans la salle...

La jeune femme était restée debout, irrésolue, déconcertée.

— Alors, pourquoi ne nous l'avez-vous pas dit ? demanda-t-elle.

— Vous devriez pourtant vous en souvenir, murmura Melania.

Presque personne ne l'entendit et les étudiants poussèrent des cris :

— Plus fort ! Plus fort !

Le directeur consulta son chronomètre et son visage s'éclaira soudain.

— C'est l'entracte, dit-il à Melania. Vous pouvez parler aussi fort que vous voulez.

Quelques autres acteurs apparurent devant le rideau. L'un s'approcha de la rampe, fatigué, épuisé :

— Je vous l'ai dit. Je suis venu ici même, devant vous, et je vous ai crié : *Adieu !* Je l'ai même crié trois fois.

— Mais pourquoi ? Pourquoi ? demanda, à présent irrité, le monsieur du premier rang.

— Je dois avouer que c'est le seul détail qui ne corresponde pas à la vérité historique, intervint le directeur. Parce que rien, absolument rien ne nous prouve que Dieu, avant de mourir, ait pris congé des hommes. Aucun de tous ceux qui ont proclamé et démontré sa mort n'a prétendu l'avoir entendu prendre congé. Au fond, cela fait partie du destin de la civilisation occidentale : que Dieu soit mort de sa belle mort ou que nous l'ayons tué, il ne nous a rien dit quand il est mort, pas un seul mot. Comme si nous, les hommes, ses créatures, nous n'existions même pas ! C'est peut-être ce qui explique les ressentiments et l'amertume de l'homme occidental moderne. Car, quoi qu'on dise, il est triste que quelqu'un à qui on a cru, qu'on a prié, *sur qui on comptait,* meure sans même vous adresser la parole. Même si l'explication de Nietzsche est juste, même si c'est *nous,* les hommes, qui avons tué Dieu, il n'en est pas moins triste qu'il ne nous ait rien dit avant de nous quitter...

— C'est très vrai, firent plusieurs voix.

— Mais l'auteur est d'un autre avis, reprit le directeur. Il pense qu'il y a des gens, en particulier des enfants, mais aussi quelques femmes, qui l'ont entendu leur murmurer : *Adieu !* Et, l'histoire des religions s'achevant sur ce mot, du moins pour nous, ici, en Occident, *Adieu !* est devenu le titre de la pièce. Pièce qui, je vous le répète, résume toute l'histoire des religions...

— Mais alors, les hourras, les monologues intérieurs, les tonneaux ? demanda le jeune homme qui avait mentionné le mystère du Père.

— Ah ! fit le directeur en haussant les épaules, c'est tout autre chose. Cela, ça s'est passé il y a longtemps et, par conséquent, nous, les comédiens, nous pouvons le jouer entre nous, puisque nous, nous sommes libres de vivre — c'est-à-dire de jouer — en tout siècle, à toute époque historique. Et, pour nous, ces choses-là sont d'une importance extraordinaire, mais, bien entendu, *nous jouons,* nous, et nous pouvons donc nous permettre de croire vraiment, de prier, de blasphémer...

— Et le Mahayana? demanda timidement la dame âgée.

— Je vous l'ai dit! Cela dépend de votre préparation personnelle. Mais ça n'a rien à voir avec la mort de Dieu, fait historique dûment attesté. Rien à voir non plus avec le mystère de sa disparition sans qu'il ait pris congé ou, si l'on accepte l'hypothèse de l'auteur, en ne disant *Adieu !* qu'à quelques enfants et quelques femmes...

— Mais pourquoi *trois fois*? demanda une spectatrice. Pourquoi a-t-il dit trois fois *Adieu !*?

— Pourquoi trois fois? répéta le directeur, embarrassé. Pourquoi trois fois? Je n'y ai jamais pensé.

— Ça semble pourtant important, insista la spectatrice.

— C'est un nombre symbolique, dit quelqu'un. C'est donc très important.

— Le chiffre trois est probablement la clé de voûte de la pièce...

— En tout cas, c'est une clé...

— C'est drôle que je n'y aie pas pensé, avoua le directeur. L'un d'entre vous y a pensé? demanda-t-il en s'adressant aux comédiens.

Ils firent non de la tête. On voyait bien qu'ils étaient aussi dans l'embarras.

— Et pourtant c'est important, c'est même très important, crièrent quelques étudiants.

— Tout le mystère de la théologie trinitaire

se réduit à cela, à la compréhension symbolique, théologique et sacramentelle du nombre trois...

— À présent, en vous écoutant, dit le directeur, je m'aperçois aussi que c'est en effet très important. Cependant, je n'y avais jamais pensé... Demandons à l'auteur, ajouta-t-il en se tournant brusquement vers moi.

Je m'y attendais depuis quelques minutes et je ne tenais plus en place. Si j'avais pu supposer qu'on en arriverait là, je serais parti dix minutes plus tôt, dès qu'on avait évoqué la mort de Dieu. (On aurait cru que je quittais la salle en signe de protestation.)

— Pourquoi trois fois, monsieur le professeur ? me demanda le directeur en souriant.

Sa curiosité ne faisait pas l'ombre d'un doute, le problème l'intéressait aussi.

— Ah ! c'est difficile à dire..., bredouillai-je.

— Plus fort ! cria-t-on de toutes parts.

— Vous devriez vous lever, suggéra le directeur. Et vous pouvez parler tant que vous voudrez, nous avons le temps. C'est l'entracte.

J'entendais comme dans un rêve : « Qu'est-ce qu'il dit ? Qu'est-ce qu'il dit ? »

— C'est difficile à dire, répétai-je en me levant et je regardai, bien ennuyé, les acteurs rassemblés devant le rideau. (Heureusement, je les connaissais tous.)

— Évidemment, c'est difficile, dit le monsieur du premier rang. (Il se leva à son tour.)

C'est difficile parce que c'est symbolique. Mais pour un spécialiste tel que vous...

Je fis une nouvelle tentative :

— Certes, c'est symbolique. Mais, cette fois-ci, comment vous dire... ? Cette fois-ci, je l'avoue, je ne suis pas parti d'une idée précise, je veux dire d'un symbole précis. J'ai pensé, *en général*, j'ai pensé que si moi, par exemple, je voulais prendre congé de quelqu'un, je lui répéterais le mot plusieurs fois. *Adieu !* lui dirais-je, *Adieu !...*

Je me tus et tentai d'esquisser un sourire.

— Mais là, vous n'avez dit *Adieu !* que deux fois, fit remarquer l'un de mes voisins.

— Deux fois seulement ? m'exclamai-je, surpris. Alors je me suis trompé. Moi, si je voulais prendre congé de quelqu'un, je lui dirais *Adieu !* au moins trois fois.

Le monsieur du premier rang m'interrompit à nouveau :

— Là n'est pas la question. Nous ne discutons pas de ce que vous feriez, mais de ce qu'a fait Dieu — ou son représentant — dans votre pièce. Pourquoi a-t-il dit *Adieu !* trois fois ?

— C'est certainement un symbole, affirmèrent plusieurs spectateurs.

— C'est un symbole, répétai-je.

— Cela, nous le savons. Mais le symbole de quoi ? Comment faut-il l'interpréter ?

Je cherchais désespérément une interprétation. Mais je ne pouvais pas m'empêcher d'écouter les chuchotements autour de moi.

— C'est la partie la plus intéressante et il ne sait même pas ce qu'elle symbolise...

— À la vérité, c'était la seule partie originale...

— Mais s'il ne la comprend pas lui-même...

— *Comment faut-il l'interpréter ?* crièrent les étudiants du fond de la salle. (Eux aussi, ils s'étaient levés.)

Je me suis approché du directeur.

— Je savais bien pourquoi je ne voulais pas écrire de théâtre, lui ai-je murmuré. Je suis un timide, je ne sais pas parler en public. Le public m'intimide. Le public savant, surtout, le public d'aujourd'hui connaît tellement de choses, il étudie, il médite. Les symboles, les sens profonds... Je savais bien pourquoi je ne voulais pas l'écrire, cette pièce...

Le directeur me regardait en souriant :

— Puisque vous ne voulez pas, ne l'écrivez pas...

J'ai soufflé, soulagé.

— Alors je ne l'écris pas, lui ai-je dit.

Il continuait à sourire, mais je le devinais : lui aussi, il était déçu.

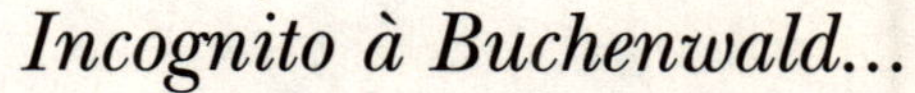

Incognito à Buchenwald...

Ils s'étaient tous rassemblés devant la fenêtre. Ils se taisaient, comme s'ils s'appliquaient à feindre l'indifférence, et regardaient tomber la neige. Soudain, Maria da Maria sursauta, essuya la vitre de sa main gauche et en approcha le front en clignant rapidement des yeux pour mieux voir. Quelqu'un s'évertuait à ouvrir la porte de la cour. Fàgàdàu s'en aperçut aussi, au même moment. Une femme avançait maintenant dans l'allée, d'un pas résolu malgré les congères. Elle portait un imperméable et des bottes ; un châle aux couleurs passées lui couvrait presque entièrement la figure. Ils l'entendirent bientôt claquer vigoureusement des talons dans la véranda afin de secouer la neige collée à ses semelles. Ieronim ouvrit la porte toute grande et, comme l'inconnue restait sur le seuil, indécise, il la prit par le bras et la tira à l'intérieur. Après quoi il referma la porte en la poussant du pied. La visiteuse le dévisageait en souriant, les yeux brillant d'une lumière inattendue.

— Ieronim Thanase, c'est vous? demanda-t-elle.

— C'est moi.

— Est-il vrai que vous avez un chien savant? Ieronim éclata de rire :

— Oui et non : j'en ai deux.

— Alors je sais qui vous êtes, dit la nouvelle venue tout en retirant lentement, soigneusement, ses gants. Cet été, vous veniez à l'hôpital Colentina, au pavillon des enfants, pour les amuser...

— C'est exact. Une fois, même...

— Ieronim ! intervint Maria en le prenant par le bras. Tu n'as pas à entrer dans les détails...

— *Purgare non est necesse !* ajouta quelqu'un.

L'inconnue remua la tête pour arranger sa coiffure et reprit, sans cesser de sourire :

— Je vous connais bien. C'est pourquoi je n'ai pas hésité à venir vous chercher, par un temps pareil et bien que vous ne sachiez pas qui je suis. Je m'appelle Marina Darvari.

— Non, je ne crois pas vous connaître.

— De toute façon, il ne s'agit pas de moi, mais d'une petite fille, une sorte de nièce à moi. Une petite fille malade dans une chambre sombre et humide, et aucune poupée, aucun ours en peluche, aucun des jouets que lui ont offerts sa famille et ses voisins ne la fait plus rire...

Seule la rosée bue dans un voile,
Mêlée de cendre, fraisil d'étoiles...

récita d'un ton mélancolique un jeune homme au front haut et large. Il s'inclina et ajouta :

— Je me nomme Petru Lorint. Étudiant en troisième année. Conservatoire et Faculté de lettres.

Marina lui jeta un regard appuyé, grave, comme si elle pesait sa réponse, puis, en penchant la tête :

— C'est vrai. Vous ne vous rendez peut-être même pas compte à quel point c'est vrai. Mais plus rien ne l'impressionne, même pas la neige qui tombe derrière sa fenêtre. Elle passe ses journées et ses nuits les yeux écarquillés, secs, à fixer le plafond. Pas une larme... Dans quelques jours, elle aura huit ans, ajouta-t-elle après un bref silence.

D'un seul regard interrogateur, Ieronim consulta tous ses camarades. Puis il se décida :

— Ce sera difficile. Les chiens, je ne les garde pas ici. Il fait trop froid et je n'ai rien pour les nourrir. Il faudrait donc que j'aille les chercher et ensuite que je trouve un traîneau ou une voiture, peut-être un camion du théâtre. Par ce temps, je serais sûr de les tuer, et je les tuerais pour rien...

Marina déboutonna machinalement le haut de son imperméable. Du regard, elle fit le tour des jeunes gens, un peu au hasard, et demanda :

— Mais *vous*, qu'en pensez-vous ? Les médecins, eux, ne savent même pas ce qu'elle a. Mais vous ? Pensez-vous qu'elle s'en tirera vivante ?

Ils se serrèrent un peu plus les uns contre les autres et éclatèrent tous d'une seule voix, forte, étrange, profonde :

— *Elle vivra ! Elle vivra ! Elle vivra !*

Marina tourna la tête vers Ieronim.

— *Le Chœur !* s'exclama-t-il solennellement. Ils forment le Chœur. Le seul Chœur authentique que nous ayons aujourd'hui à Bucarest. Le seul qui puisse être comparé à celui des tragédies grecques.

Pendant un instant, ils eurent l'impression que Marina s'efforçait d'étouffer un sanglot, mais ils comprirent vite que c'était simplement sa bizarre respiration, arythmique, entrecoupée de longues pauses où elle paraissait retenir son souffle. Elle se dirigea vers un fauteuil à haut dossier droit, placé contre le mur.

— Je vous crois, dit-elle en s'asseyant. Vous êtes tous jeunes et les jeunes ne se trompent jamais quand il s'agit de la vie…

Maria prit de nouveau Ieronim par le bras.

— Tu as entendu ce qu'elle a dit ? Elle a dit : *quand il s'agit de la vie !* Nous pourrions commencer comme ça, Ieronim, exactement comme ça vient de se passer…

Ieronim haussa les épaules :

— Ce serait trop beau. C'est-à-dire, *ça paraîtrait* trop beau...

Les autres firent cercle autour de lui, troublés et exaltés à la fois.

— Elle a peut-être raison, dit Fàgàdàu. En tout cas, essayons...

— J'ai *certainement* raison, s'écria Maria. Et les spectateurs découvriraient peu à peu qu'il ne s'agit pas d'une petite fille malade, mais d'autre chose, d'infiniment plus grave, qu'il s'agit de...

Elle s'interrompit brusquement et rougit, coupable. Une seconde plus tard, elle se trouvait aux côtés de Marina.

— Madame, dit-elle en la prenant par la main, voulez-vous nous rendre un service ? Un très grand service ? Je vais vous expliquer tout de suite de quoi il retourne. Juste une minute...

Elle l'entraîna doucement vers la porte, l'aida à reboutonner le haut de son imperméable et lui enroula son châle sur la tête.

— Il ne faudrait pas que vous preniez froid, dit-elle. D'ailleurs, ça ne durera pas plus d'une minute. Sortez dans la véranda, tapez des pieds comme si vous secouiez la neige de vos bottes et ensuite, quand Ieronim vous ouvrira la porte, posez-lui *les mêmes questions*.

— Quelles questions ?

— Ce que vous avez demandé tout à l'heure : « Ieronim Thanase, c'est vous ? Est-il vrai que vous avez un chien savant ? » Et les autres. Il n'y en a pas beaucoup...

Émue, elle ouvrit la porte et poussa Marina sur la véranda.

— Silence ! commanda-t-elle sans se retourner.

Puis, à Ieronim :

— À présent, Ieronim, sois prêt. La porte !

Lorsqu'il ouvrit, une rafale chargée de neige s'engouffra dans la pièce. Irrité de voir Marina rester sur le seuil, Ieronim la prit par le bras et la tira à l'intérieur. Elle ôta son châle d'un geste machinal et regarda Ieronim en souriant avec chaleur, presque avec amour, tout en s'attachant à ne pas se départir d'une certaine gravité.

— Ieronim Thanase, c'est vous ?

— C'est moi.

— Est-il vrai que vous avez deux chiens savants ? Pardon ! Est-il vrai que...

— Ça ne fait rien, dit Maria. Continuez !

— C'est vrai, dit Ieronim.

— Alors je sais qui vous êtes... Cet été, vous veniez à l'hôpital Colentina, au pavillon des enfants...

— C'est absurde ! tonna Ieronim. Ça n'a pas de sens !

Le Chœur déclama doucement, presque à voix basse, mais sur le ton d'une réprimande :

— *Le sens, c'est nous qui le créons, Ieronim. Le sens, c'est nous qui le révélons, par le spectacle. Par le Spectacle, Ieronim, sans début ni fin !*

Ieronim se tourna en riant vers Marina :

Vous aurez deviné qu'il s'agit du *début* d'un spectacle expérimental. Mais...

— C'est ainsi et là qu'il commence, coupa Fàgàdàu. Plus précisément : c'est ainsi et là qu'il pourrait commencer, à condition que nous sachions...

— Plus précisément encore : à condition que nous réussissions à comprendre *ce qui s'y est passé*, enchaîna Maria.

— En ce qui me concerne, je le sais, affirma Fàgàdàu. J'en ai fait l'expérience.

— Mon petit gars, menaça Maria, *purgare non est necesse !* Dis ce que tu as à dire, sans tourner autour du pot. Montre-le-nous !

Fàgàdàu s'éloigna de quelques pas puis se retourna brusquement, l'air mauvais, le regard sauvage, les poings sur les hanches. On eût dit un autre homme.

— C'est toi le mec qui ceci et cela ? brailla-t-il d'une voix féroce qui semblait venir du fond du gosier, rendue rauque par le tabac et l'alcool.

— C'est moi, répondit Lorint.

— C'est-y vrai qu'il y a là, dans votre baraquement, le dix-huit, un type qui se prétend faiseur de miracles ?

— Il n'a jamais dit qu'il faisait des miracles.

— Alors qu'est-ce qu'il prétend qu'il est, c'te salope ? Fakir ? Charmeur de serpents ?

— Lui, il dit être bodhisattva...

Ieronim, exaspéré, leva les bras en l'air :

— Non, non et non ! Rien à faire, *ça ne peut pas commencer comme ça !* Oublions tout pour le moment et par la suite nous essayerons autre chose.

Maria avait aidé Marina à déboutonner son imperméable, puis l'avait obligée à s'asseoir dans le fauteuil.

— Mon nom est Maria Daria Maria, mais on m'appelle Maria da Maria. Je ne fais pas partie de la troupe de Ieronim, je suis musicienne, moi. Violoncelliste. Mais son idée me fascine. Figurez-vous que…

— Je crois avoir compris quelque chose, coupa Marina. La scène a lieu dans un camp de concentration, d'extermination ; disons Buchenwald…

Maria da Maria tourna brusquement la tête vers ses camarades, avec un regard effrayé.

— Comment avez-vous deviné ? demanda-t-elle à Marina. Ou bien quelqu'un vous l'a dit ?

Marina se passa la main dans les cheveux puis sur le front, avant de répondre :

— Non. Personne ne m'a rien dit. Mais ça me paraît évident : les gestes, le ton, le vocabulaire…

— Vous avez entendu ? Vous avez entendu ? cria Fàgàdàu.

— Mais je ne comprends pas quel rapport il y a entre Buchenwald et un bodhisattva, conclut Marina.

Quelques rires juvéniles, heureux, retentirent, quelques regards complices s'échangèrent.

— Si madame nous promet d'être discrète,

on pourrait peut-être lui expliquer ? demanda Ieronim à ses camarades.

— Nous lui avons déjà dit l'essentiel, déclara le plus âgé d'entre eux.

Blondasse, la figure tavelée de petits points rougeâtres, il portait un vieux pardessus trop long pour lui.

— Je m'appelle Valerian et on dit que je suis le plus réfléchi de nous tous, poursuivit-il. Ieronim a pensé au bodhisattva parce qu'il voulait détacher le problème de la liberté des contextes dans lesquels on en a débattu jusqu'ici — judéo-chrétien, existentialiste, marxiste — et le placer dans une autre perspective, une perspective *nouvelle*. Et, pour ne pas affirmer d'emblée qu'elle était nouvelle, il l'a camouflée sous un terme exotique : bodhisattva... C'est ça, Ieronim ?

— À peu près, consentit Ieronim. Car, madame, continua-t-il en se tournant vers Marina, nous sommes quelques-uns à être arrivés il y a un certain temps déjà à la conclusion que seul le théâtre, autrement dit *le spectacle* (ce qui inclut évidemment les mimes, la chorégraphie, le chœur), que seul le spectacle nous permettrait de *montrer* que, bien que conditionnés et limités de toutes parts, nous ne sommes pas, nous ni nos contemporains des autres pays et continents, pareils à des rats pris au piège...

— Même si certains sont prêts à nous arroser d'essence et à nous brûler vifs, dit Valerian.

— N'oubliez surtout pas cette image, intervint à son tour Fàgàdàu, car Buchenwald signifie bien cela : un endroit où des êtres humains se sont fait piéger et carboniser comme des rats dans une cage abondamment arrosée d'essence… Excuse-moi, Ieronim, ajouta-t-il. Continue, à présent…

— Il y aurait beaucoup à dire, reprit Ieronim. Mais si, comme nous le pensons, seul le spectacle peut *montrer* que les hommes d'aujourd'hui ne se trouvent pas dans la situation des rats pris au piège, nous devons encore préciser la modalité de la liberté dont ils disposent. Ainsi, il est évident que dans une situation limite, comme à Buchenwald, la liberté ne peut être qu'*intérieure*. Et donc pratiquement invérifiable pour les autres. Par ailleurs, la liberté intérieure absolue ne s'acquiert pas facilement. La conquérir est aussi difficile que conquérir sa liberté extérieure, par exemple en s'évadant d'une prison moderne…

Une jeune fille s'approcha de Ieronim et lui tapa sur l'épaule. Puis elle s'adressa à Marina :

— Comme je suis la plus jeune, on me prend aussi pour la moins capable. Pourtant, j'ai un joli nom : Sofia Esperantia… Mais, Ieronim, ajouta-t-elle rapidement, puisque nous parlons de liberté et que nous affirmons *ne pas* être pareils aux rats pris au piège, qu'allons-nous faire *maintenant*, dans ce cas-là ? Il s'agit d'une petite fille malade que tes chiens feraient rire et dont ils hâteraient peut-être la guérison. Et pourtant, voilà, rien que parce qu'il neige sans arrêt depuis hier soir, *nous ne pouvons rien faire!* Et s'il continue à neiger toute la nuit, même si on te prête le camion du théâtre, tu ne pourras pas arriver auprès d'elle... Elle habite loin, madame? demanda-t-elle en tournant la tête.

— Assez loin, répondit Marina. Mais n'y pensez plus, poursuivit-elle en se levant. Vous m'avez rassurée. Maintenant *je sais* qu'il n'arrivera rien. Et dès qu'il neigera un peu moins fort...

Elle s'interrompit brusquement et fixa son regard sur le fond de la salle, où l'on distinguait vaguement un mur curieusement réparé, qui avait l'air d'une porte condamnée par des planches clouées un peu n'importe comment les unes par-dessus les autres.

— S'il ne s'agit pas d'un rendez-vous *vraiment* important, dit Manole en soulignant malicieusement le mot, je te prie d'avoir encore un peu de patience. Tu ne rencontreras rien de tel là-bas, à Charlottenburg, là d'où tu viens...

— À vrai dire, répliqua Condurachi, cette fois-ci je viens de Zurich.

— Elle devrait arriver d'une minute à l'autre, reprit Manole. Elle a dit qu'elle reviendrait *au bout d'un an exactement* et, pour autant que je la connaisse, c'est-à-dire très peu, je suis certain qu'elle va venir… Si tu as trop chaud, ajouta-t-il, enlève ta veste.

Condurachi s'approcha du tableau.

— Non, je n'ai pas trop chaud, dit-il. Mais je ne vois pas ce que ça pourrait changer, ce que ça pourrait rajouter. Il est tout bonnement parfait. Certes, je ne m'y connais pas en peinture…

— Moi non plus. Mais il m'a enchanté dès que je l'ai vu.

— C'est le plus beau corps de femme que j'aie jamais vu, en peinture, en sculpture ou… en vrai.

Condurachi se retourna vers Manole et lui demanda en souriant :

— Et la Générale, qu'est-ce qu'elle a dit ? Comment se fait-il qu'elle l'ait accepté ?

Manole éclata de rire :

— Ça, nous n'y avions pas pensé. Or, bien entendu, sa place est ici, au salon. Ça aurait servi à quoi, de l'accrocher dans une de nos chambres, où personne n'entre ? Eh bien, lorsque la Générale est rentrée et qu'elle a vu le tableau, elle en est restée bouche bée. Nous ne savions que croire : ça lui plaisait ou pas ? Et tout à coup elle s'est écriée : « C'est très beau, c'est admirable. Mais nous ne pouvons pas le garder là… » Je lui ai demandé pourquoi : « Parce que c'est un nu de femme ? » Elle m'a jeté un regard curieux, à son habitude, et elle m'a répondu : « Manolache, ce n'est pas un cul de bonne femme qui va me faire peur, tout comme un cul de bonhomme ne me faisait pas peur quand j'étais jeune ! Mais tu sais bien qu'ici, c'est un va-et-vient d'enfants... » Dans un sens, elle n'avait pas tort, ajouta Manole. Alors, nous avons décidé que pour les fêtes, quand toute la famille vient avec les enfants, on couvrirait le tableau avec une tenture, tout comme on recouvre le miroir...

— Au fond, coupa Condurachi, on peut à peine dire que ça représente une femme nue. Ce serait plutôt le corps d'une déesse...

— C'est ce qu'elle disait aussi, Zamfira, quand elle me l'a montré : « Je vous apporte une déesse à domicile. »

Manole se tut pendant un moment, songeur, puis se remit à rire.

— C'est d'ailleurs comme ça que je l'ai connue. J'étais là, avec Luchian, quand nous avons entendu sonner. C'est moi qui ai ouvert. Une inconnue, la cinquantaine, vêtue presque pauvrement, et pourtant, je ne sais pas comment dire, avec beaucoup de goût. Elle avait l'air souffrante, fatiguée. C'est tout juste si elle réussissait à sourire. Et, malgré tout, quelque chose de noble et — comment dire ? — d'« énigmatique » sur son visage. « Monsieur Manole Antim ? a-t-elle demandé. Je me suis laissé dire que vous aviez de la fortune, dans votre famille, et que vous aimiez les belles choses. Vous ne voulez pas une déesse ? Ce n'est pas une déesse de l'antiquité, mais une d'aujourd'hui. Il y a dix ans, je suis allée à sa noce... » Elle a fait signe à un jeune homme qui était resté dehors et que je n'avais pas remarqué quand j'avais ouvert la porte. Il est entré, nous a salués timidement, a appuyé le tableau contre ses genoux et s'est mis à dénouer les ficelles. Il a retiré la housse et est allé poser le tableau sur le fauteuil de la Générale. Luchian et moi, nous en avons eu le souffle coupé. L'inconnue nous a dit : « Elle fait quelques centimètres de moins que l'original. La dernière fois que je l'ai vue, la déesse venait d'avoir dix-huit ans et elle mesurait deux mètres quarante-cinq. »

— C'est vrai ? s'exclama Condurachi.

— Non. Ça, ça faisait partie de... ma foi, disons de son « mystère ». Elle inventait toutes sortes d'aventures étranges, tout comme elle s'était inventé je ne sais combien de noms et de pseudonymes. Son vrai nom était Zamfira, mais ses amis l'appelaient Marina. Elle prétendait que sa véritable vocation n'était pas la peinture, mais la sculpture.

— Zamfira comment ? demanda Condurachi.

— Je crois savoir qu'elle s'appelle, ou qu'elle s'est appelée, Darvari.

Condurachi eut un hochement de tête incrédule :

— Je n'ai jamais entendu parler d'un peintre ou d'un sculpteur, homme ou femme, portant ce nom-là.

— Non, et c'est normal. Car, je l'ai appris par

la suite, tout à fait par hasard d'ailleurs, quand elle expose elle signe ses œuvres sous toutes sortes de pseudonymes. Et, comme elle ne tient pas à vendre — elle ne vend qu'à des étrangers ou dans de petites villes de province —, elle est inconnue...

— Bizarre ! dit Condurachi en s'approchant à nouveau de la toile. Alors pourquoi est-elle venue vous offrir sa déesse ?

Manole se mit à marcher de long en large, les mains au dos, comme s'il voulait masquer sa nervosité.

— Si ce qu'elle nous a raconté est vrai, les choses se seraient passées de la façon suivante. Un cousin à elle, Dragomir, avait un besoin urgent, c'est-à-dire en deux ou trois jours, d'une certaine somme. Elle lui a affirmé — elle nous a naturellement avoué qu'elle lui avait menti —, elle lui a affirmé qu'elle avait à toucher plusieurs milliers de lei pour de vieilles commandes et qu'il lui suffisait de demander à ses clients de signer des chèques à son nom à lui. Je ne sais pas dans quelle mesure ce Dragomir l'a crue. Moi, je te répète ce qu'elle nous a raconté : elle a choisi trois ou quatre sculptures et ce tableau — elle nous a assuré que c'était la seule peinture du lot —, elle a pris un fiacre et elle est allée trouver quelques personnes ayant de la fortune, mais pas des collectionneurs proprement dits. Ses prix étaient tellement dérisoires que ça ne lui a pas posé le moindre problème. Elle prétendait avoir entendu parler de nous par quelqu'un de sa famille qui avait connu je ne sais qui de la nôtre. *Bref**, elle nous a proposé la Déesse. Le prix devait revenir à peu près à celui du cadre...

— Incroyable ! s'écria Condurachi.

— Mais, voilà, elle a posé cette condition : elle reviendrait au bout d'un an...

Manole se dirigea rapidement vers le tableau, passa la main derrière le cadre et en retira soigneusement une petite feuille de papier.

— Tiens, c'est écrit de sa main : « Le 12 juillet 1930 ». Or, nous sommes aujourd'hui le 12 juillet 1931...

Remarquant que Condurachi consultait sa montre d'un air impatient, Manole lui dit :

— Fais un effort, reste encore cinq ou dix minutes. Tu ne le regretteras pas...

Résigné, Condurachi s'assit dans le fauteuil et entreprit de chercher son étui à cigarettes.

— Pourvu qu'elle tienne parole et qu'elle vienne, dit-il.

— ... Dès qu'il neigera un peu moins fort, répéta Marina d'une voix absente, je viendrai avec une voiture bien chauffée. La voiture d'un ami du corps diplomatique...

* En français dans le texte, comme dorénavant tous mots en italique suivis d'un astérisque. *(N.d.T.)*

On eût dit qu'elle ne s'était pas rendu compte jusque-là combien la pièce était vaste et délabrée. Elle s'approcha lentement de la cheminée et l'examina. On apercevait encore sous la cendre des restes de braise qui lançaient de soudaines lueurs, par moments, lorsqu'une rafale de vent se glissait sous la porte. Il ne restait plus dans l'âtre qu'un pied de meuble en bois, d'une grosseur inattendue, à moitié carbonisé. Marina tourna la tête, étonnée, et Ieronim lui sourit :

— Vous pensiez que c'était un pied de table ? Eh bien, non. Les pieds de table, nous les avons brûlés la semaine dernière. C'est le pied d'un portemanteau. Le portemanteau le plus gros de tout le quartier. L'orgueil de la Générale !

Marina sursauta, comme si le froid la pénétrait tout à coup, et elle reboutonna son imperméable jusqu'au cou. Puis elle se mit à marcher le long des murs nus, au crépi écaillé et dont quelques lézardes étaient bouchées par des cartons ou des journaux maladroitement collés.

— Mais qu'est-ce que vous allez faire demain ou après-demain ? Vous n'avez plus rien à brûler. Vous ne pouvez tout de même pas brûler ces quelques chaises qui vous restent !

Ieronim éclata de rire. Il paraissait soudain d'excellente humeur.

— Il y a encore pas mal de meubles dans les autres pièces, dit-il en faisant un geste vague du bras autour de lui. Au grenier aussi, il reste des choses : des paquets de livres et de journaux, de vieilles caisses et d'autres riens. Voyez-vous, poursuivit-il en baissant la voix, la maison aurait dû être démolie l'automne dernier. Mais il y a eu des empêchements... Au printemps en tout cas, plus de sursis. Ils ont l'intention de construire un immeuble de douze étages à la place.

Marina l'écoutait, fascinée, sans pouvoir détacher le regard de ses lèvres.

— Mais d'ici là ? demanda-t-elle. D'ici là, qu'est-ce que vous allez devenir ? L'hiver ne fait que commencer...

Ieronim haussa les épaules :

— Plus personne n'habite ici. Nous venons juste pour les répétitions. Nous avons chacun un lit chaud, ici ou là, à la grâce de Dieu...

— Et pourtant, vous devez vous réunir ici pour les répétitions, insista Marina en jetant un regard mélancolique alentour.

— Comme je vous le disais, nous avons encore divers objets combustibles. Et ici même, tenez, là, il nous reste l'armoire. Une armoire comme on n'en fait plus depuis une centaine d'années. C'est un de mes oncles qui l'avait ramenée de Bavière. Elle pèse cinq ou six cents kilos. Ça représente au moins une semaine de chauffage...

Cependant, Marina ne l'écoutait plus. D'un pas plus rapide, elle s'approcha du coin gauche de la pièce, près de la porte. Là, le mur semblait mieux conservé, si ce n'est quelques lézardes qui couraient jusqu'au plafond. Et, au milieu, une surface moins décolorée, aux bords presque réguliers. Lorsqu'elle n'en fut qu'à quelques pas, Marina se rendit compte toutefois qu'elle s'était trompée : ce mur-là n'était pas moins pelé que les autres.

— Mais pourquoi *à Buchenwald* ? demanda-t-elle brusquement, d'une voix étonnamment forte. Que savez-vous de Buchenwald, vous ?

— Non, non, madame ! s'écria Marcian. Veuillez excuser mon ton, mais je suis comme ça, moi, d'un naturel chamailleur. *Aujourd'hui,* n'importe lequel d'entre nous comprend l'essence et le message de Buchenwald. Mais là n'est pas la question. La question, Ieronim avait commencé à vous l'expliquer tout à l'heure, quand quelqu'un qui n'avait pas à intervenir est intervenu...

— Mon petit gars, fais attention à ce que tu dis, lui lança Maria da Maria. Nous ne sommes pas seuls.

— Les personnes en cause voudront bien m'excuser, reprit Marcian en retirant d'un geste brusque ses lunettes, qu'il glissa dans la poche intérieure de son pardessus. Mais, puisque madame a été acceptée dans les secrets de notre spectacle, au moins qu'elle en apprenne l'essentiel. À savoir, ce que disait Ieronim : la liberté intérieure n'est presque jamais reconnaissable. Supposons qu'il y ait eu là-bas, parmi les condamnés à l'incinération, des saints, des martyrs, des bodhisattva, appelez-les comme vous voulez. Du moment que, par charité, par amour de leur prochain, ils ont refusé la solution, disons magique, du *miracle* — portes ouvertes par sortilège, murailles abolies, etc. — et ont apparemment accepté la condition des autres, quelle autre façon auraient-ils eue de *montrer* la liberté que…

— Regardez ! coupa Maria da Maria et elle étendit le bras.

L'air grave, les poings sur les hanches, Fàgàdàu avançait d'un pas lourd, comme s'il portait des bottes de campagne. Il se planta devant un grand jeune homme maigre, aux yeux enfoncés dans les orbites.

— C'est toi le mec qui ceci et cela, tu te fais passer pour un fakir ?

— Je peux être fakir aussi, mais ça ne m'intéresse pas. En Inde, en Chine, au Japon, on m'aurait appelé bodhisattva.

— Faiseur de miracles, en tout cas. Alors ponds-le, ton miracle, que je le voie !

— J'en ai fait. Plusieurs fois. La dernière fois, il y avait deux médecins envoyés exprès par la centrale. Je les ai convaincus. Je ne sentais pas le fer rouge, même pas sur la langue, et quand ils m'ont raclé une côte au bistouri, je leur ai dit de faire attention parce que je suis chatouilleux…

Fàgàdàu le frappa avec un nerf de bœuf imaginaire et le jeune homme essuya calmement le sang sur sa figure.

— Le miracle, beugla Fàgàdàu, c'est que tu ne sais pas ce qui t'attend !

— Si, je le sais très bien : le crématoire. Mais

à quoi bon puisque vous n'y serez pas aussi pour
me voir trembler, frissonner de froid, souffler
dans mes mains pour me réchauffer...

Ieronim s'approcha d'eux et les interrompit
avec douceur :

— Ça suffit pour aujourd'hui. Madame verra
le reste à la première. Et espérons qu'elle comprendra...

— J'en ai compris plus que vous ne l'imagi-
nez, dit gravement Marina. Ainsi, j'ai compris
que celui que vous appelez bodhisattva mourra
carbonisé, mais qu'il mourra libre. Et il est pro-
bable que, s'il n'avait pas été un bodhisattva, il
aurait donné la preuve de sa liberté autrement
aussi, publiquement : par exemple en crachant
à la figure du commandant du camp.

— Formidable ! s'écria Ieronim. Comment
avez-vous pu deviner ? Cela faisait partie, tout
récemment encore, de la scène de tout à l'heure :
après avoir dit qu'il aurait froid dans le crématoire — car, bien entendu, pour lui, on avait
choisi la peine maximum : le brûler vif —, après
lui avoir dit ça, il lui crachait à la figure. Mais nous
nous sommes rendu compte qu'une réaction
pareille, *héroïque,* ne convenait pas à un bodhisattva, tout comme elle n'aurait pas convenu, par
exemple, à Jésus ou à un martyr chrétien...

Marina l'écoutait avec une émotion visible,
sans le quitter des yeux.

— Ce qui me plaît en vous, dit-elle en s'adressant au groupe de jeunes gens, c'est que vous

vous efforcez de respecter la vérité historique. Mais, quand je vous ai demandé : « Pourquoi à Buchenwald ? », je pensais à autre chose. Si j'ai bien compris, pour Ieronim, pour vous tous, le spectacle propose de révéler aux spectateurs non seulement le but suprême — la conquête de la liberté intérieure —, mais également les moyens qui permettent de conquérir cette liberté.

— Exactement, dit Ieronim.

— Alors vous avez choisi l'épisode le plus difficile à illustrer, reprit Marina. Nous savons tous ce qui s'est passé à Buchenwald, même si nous ne connaissons pas, si nous ne devons jamais connaître l'héroïsme ou la sainteté de certaines victimes. Mais comment allez-vous *montrer* les moyens qui ont permis de conquérir la liberté intérieure ?

Ils se mirent tous à applaudir, enthousiastes. Heureux, ému, les joues rouges, Ieronim se tourna vers ses camarades.

— On lui dit ? s'exclama-t-il. Non, on ne peut pas lui dire !

— Nous n'en avons pas le droit, déclara, avec une sereine gravité, le jeune homme grand et maigre. Je m'appelle Petru Petrovan, ajouta-t-il à l'adresse de Marina. Je suis poète. Mais par désespoir, car je suis aussi tuberculeux, je suis devenu acteur. Comme l'entend Ieronim, évidemment, comme il entend que doit être *le véritable acteur…*

— Ça doit être elle, chuchota Manole lorsqu'il entendit la sonnerie. Je t'avais bien dit qu'elle viendrait.

Il ouvrit la porte et ne put dissimuler sa surprise. Sur le seuil, Marina lui souriait, telle qu'elle devait être quinze ou vingt ans plus tôt. Elle portait une robe jeune, mais sobre. Elle tenait à la main un bouquet de roses rouges.

— Pour la maîtresse de maison, que je n'ai pas encore eu le plaisir de connaître, dit-elle.

Après avoir déposé, embarrassé, le bouquet sur une table basse, contre un tridacne géant, Manole s'aperçut qu'il n'avait pas fait les présentations.

— L'ingénieur Stefan Condurachi, prononça-t-il lentement, intimidé, en cherchant à prendre un ton solennel. Il habite surtout à l'étranger. Mme Zamfira Darvari...

Marina eut un sourire de circonstance, le regard fixé sur le tableau. Elle s'en approcha nonchalamment, en s'arrêtant par moments pour mieux le contempler.

— Une vraie déesse, dit Condurachi. Et, d'après ce que m'a raconté Manole, elle existe en chair et en os.

Marina se retourna et dévisagea Condurachi d'un air surpris, comme si elle ne l'avait pas remarqué jusque-là.

— J'espère qu'elle est toujours vivante. Mais nous n'avons plus de ses nouvelles. Depuis qu'elle est partie à l'étranger, il y a onze ans, nous n'avons reçu aucune nouvelle. Il est vrai qu'elle savait à peine écrire. Mais son mari est un philologue accompli, qui parle et écrit parfaitement le roumain…

Manole s'approcha d'elle et lui demanda timidement :

— Et votre mari ? L'avez-vous retrouvé ?

Marina essaya de cacher un sourire mélancolique et amusé à la fois :

— Pas encore. Il m'a attendue dix ans. Je l'attendrai autant.

Manole rougit, se frotta les mains.

— Je peux vous offrir quelque chose ? Un café ? De la confiture ? Je suis désolé, cette fois-ci encore la Générale n'est pas à la maison.

— Non, merci. Je suis venue juste pour échanger le tableau… je vous ai apporté, au choix, un nu de Bonnard, un autre de Pàtrascu et quelques marines d'Iser, presque les seules qu'il ait faites.

Marina tourna la tête et éclata de rire en voyant la mine que faisait Manole.

— Mais je ne vous le reprends pas *définitivement* ! promit-elle. Je vous le rendrai l'année prochaine…

— Et pourtant, madame, intervint Condurachi, je ne vois pas ce que vous pourriez y ajouter ou y modifier. Il est tout simplement parfait. C'est un chef-d'œuvre !

— Je vous remercie, dit Marina, je vous

remercie bien sincèrement. Je ne pense pas y modifier quoi que ce soit. Mais j'ai besoin de ma déesse... J'en ai un besoin *personnel,* ajouta-t-elle en baissant légèrement la voix.

Manole la regardait, gêné, il ne savait que faire de ses mains.

— Nous nous y sommes faits, à la déesse, finit-il par soupirer. Elle va nous manquer...

Marina l'interrompit :

— Un an, ça passe vite. Et quand vous aurez vu ce que je vous ai apporté à la place...

Elle traversa rapidement le salon, ouvrit la porte, sortit et revint au bout d'une minute en compagnie d'un très jeune couple, qu'elle présenta à sa façon :

— De jeunes fiancés.

Après quoi ils commencèrent tous trois, soigneusement, à dénouer les ficelles et à sortir les toiles une à une des housses qui les protégeaient.

Selon leur habitude, comme ils le faisaient chaque fois qu'ils sentaient qu'il n'y avait plus rien à *dire,* rien à tenter, ils s'étaient tous rassemblés derrière la fenêtre. Ils regardaient tomber la neige. Ils ne distinguaient plus que les pilastres de la véranda et, quelques mètres plus loin, près de la rue, le sapin. Mais personne n'osait s'en aller. La pièce se réchauffait peu à peu et ils quittaient la fenêtre les uns après les autres pour s'installer devant la cheminée. Valerian, le premier à retirer son pardessus, s'essaya même à un début de poème.

— « Une armoire, rien de plus, murmura-t-il. Une vieille, une ancienne armoire, fatiguée ou, peut-être, sage... »

Ieronim l'avait débitée adroitement, savamment, il maniait la hache avec une sorte d'amour et de douceur, habilement, concentré. Lorsque le feu eut bien pris, Maria da Maria étendit les bras et se frotta les mains, se les caressa au-dessus des flammes.

— Je sais à quoi vous pensez, dit-elle soudain sans se retourner. Et c'est pourquoi rien ne marche, nous ne réussissons ni à *dire* ni à *montrer*. Vous n'avez pas la tête au spectacle. Vous n'arrêtez pas de vous poser la même question : pourquoi nous a-t-elle demandé de regarder ces taches ?

— Elle ne nous l'a pas demandé, objecta Ieronim. Elle nous a juste dit que si nous savions comment regarder ces taches...

— Comment les regarder et les comprendre, compléta Fàgàdàu.

— Ces taches décolorées par le soleil et creusées par l'humidité...

— Elle l'a dit autrement : « sensibilisées » par l'humidité...

— De toute façon, elle ne nous a rien demandé, insista Ieronim. Nous ne lui aurions d'ailleurs pas permis de nous demander quoi que ce soit... Cependant, à un moment donné, j'ai eu l'impression qu'elle me regardait ironiquement, peut-être avec une certaine pitié, peut-être même d'un air sarcastique, comme si elle voulait dire : Vous perdez votre jeunesse à vous occuper de chimères, vous gaspillez votre talent à tenter toutes sortes d'expériences, alors que vous avez là, devant vous, ces taches décolorées par le soleil et l'humidité...

Ils s'approchèrent du mur, l'examinèrent attentivement, concentrés, ils clignaient parfois des yeux, remuaient la tête lentement, tantôt à gauche, tantôt à droite, afin d'en surprendre toutes les nuances possibles. C'étaient des taches sans forme précise, dont les contours se modifiaient selon l'angle sous lequel on les regardait. Seule la lézarde qui montait en biais vers le plafond conservait sa direction et sa profondeur quelle que fût la position qu'on adoptait.

— Décolorées par le soleil et l'humidité, répéta rêveusement Lorint. Alors j'ai compris. Voilà ce qu'elle voulait nous dire : vous avez là le modèle exemplaire de l'union des contraires : l'humidité et le soleil, c'est-à-dire l'Eau et le Feu...

— Ç'aurait été trop banal. Ça doit être autre chose.

— J'ai lu dans le temps une histoire sur un rabbin de Cracovie qui n'arrêtait pas de rêver d'un trésor, commença Fàgàdàu.

Ieronim ne le laissa pas continuer :

— Tout le monde la connaît. Il était parti le chercher je ne sais où, son trésor, peut-être à Varsovie, et en fin de compte il l'a découvert chez lui, sous la cendre de son poêle. Tout le monde la connaît, répéta-t-il, l'histoire du rabbin de Cracovie... Elle, Marina Darvari, elle voulait dire autre chose. Mais, peut-être pour se venger de n'avoir pas été introduite dans certains secrets du spectacle, elle aura cherché à paraître aussi énigmatique que possible et mystérieusement oraculaire : Si vous *saviez*, si *vous*, vous saviez *comment* les regarder, comment *regarder* ces *taches-là*, et cætera, et cætera, et cætera...

— D'accord, seulement elle a réussi, lui fit remarquer Maria da Maria. Nous ne voulons pas l'avouer, mais chacun de nous ne pense qu'à cela : énigmatique et mystérieusement oraculaire, tu as raison, *mais que voulait-elle dire ?*

— Moi, repartit Ieronim, j'avoue bien sincèrement que, aussi absurde que ce soit, cette énigme m'obsède. Si elle a fait une quelconque allusion au passé plus ou moins mystérieux de cette maison ou à celui de ma famille, *ça ne m'intéresse pas.* Je n'ignore rien de ce qui y est arrivé et, bien que j'en conserve le souvenir, ça ne m'intéresse pas. Je suis le seul survivant — ou le dernier si vous préférez — des familles Antim-Calomfir-Thanase, mais ce n'est pas cela qui va m'émouvoir. Je me considère comme *le premier* d'une nouvelle dynastie, la deuxième dynastie Antim-Calomfir-Thanase. Une histoire nouvelle commence avec moi, sur un autre plan, plus élevé et plus créateur. Peu m'importent les énigmes ou les nostalgies qui s'attachent au passé de cette maison ou à celui de ma famille. Seul m'intéresse l'avenir, tel que je pense que nous pouvons l'accomplir en vivant *librement* toute épiphanie du *présent*, quelque tragique qu'elle puisse se révéler, engendrée par la malchance et vouée au désespoir...

Ils l'avaient tous écouté avec émotion, le front haut.

— Ça, nous l'avons appris aussi en apprenant à nous imaginer enfermés à Buchenwald, dit Petru Petrovan. Il n'y a pas d'autre voie de rédemption.

— Moi, j'évite le mot rédemption, fit observer Ieronim, parce qu'il pourrait déboucher sur des confusions. Tout type de rédemption suppose la foi en un Rédempteur. Je respecte, j'envie même, ceux qui croient en un Rédempteur, mais, quant à moi, je n'ai pas été pourvu d'une telle foi. Et alors, je devrais chercher autre chose, car je ne pourrais pas vivre sans liberté...

— Mais, Ieronim, s'exclama Marina, est-ce que je vous ai parlé du passé autrement que comme d'un moyen, le plus accessible, de vivre *exclusivement dans le présent*?

Ils la regardèrent tous, surpris, perplexes. Marina avançait lentement vers eux, comme un personnage de film du début du siècle, vêtue d'une fourrure d'astrakan, un bouquet de violettes à la main. S'ils n'avaient pas reconnu sa voix, ils n'auraient pas cru que c'était elle, Marina, tellement elle avait l'air jeune. Et, à la place de ses bottes de coupe militaire, elle portait des bottillons fourrés comme ils n'en avaient encore jamais vu.

— Mais comment êtes-vous entrée? demanda Ieronim, sans trahir son émotion.

— Moi, reprit Marina, je vous ai parlé exclusivement du *présent*. Et, lorsque je vous ai dit d'apprendre à regarder ces taches, j'ai voulu dire seulement cela : apprenez à les regarder telles qu'elles sont *en ce moment*, tout simplement telles qu'elles *sont* à l'instant présent, et alors vous comprendrez.

Elle s'approcha de Maria da Maria et, avec un sourire, lui offrit le bouquet de violettes.

— Au fond, ajouta Marina, je vous ai proposé une variante de votre spectacle sur la liberté que l'on peut conquérir même à Buchenwald. Une variante moins spectaculaire, c'est vrai.

Son regard s'arrêta une seconde sur Maria qui, les violettes à la main, n'osait pas les sentir.

— Je reviendrai vous voir, conclut Marina, et nous bavarderons. Maintenant je dois m'en aller, on m'attend. J'étais passée juste pour vous dire que notre petite fille rit et joue et qu'elle voudrait qu'on lui fasse un bonhomme de neige sous sa fenêtre. Et nous lui avons promis de lui en faire un...

— Quand es-tu rentré? demanda Manole.

— Il y a quelques jours, répondit Condurachi

d'un ton absent, soucieux. Tu connais la nouvelle ? La France aussi a déclaré la guerre...

— Il fallait s'y attendre. Mais qu'est-ce que tu as ? Tu as l'air fatigué...

— Trop de soucis. Mais ne parlons pas de ça... Vous, comment ça va ?

Manole haussa les épaules :

— Comme tout le monde. Des ennuis, des maladies, des problèmes.

— À propos, dit Condurachi en esquissant un sourire, elle ne vous a toujours pas rendu la déesse ?

Manole hocha la tête comme s'il s'attristait soudain contre son gré.

— Elle ne nous l'a pas rendue et nous n'espérons plus qu'elle nous la rende un jour. Nous devrons nous contenter du Bonnard. À moins que nous le vendions. On nous en a proposé trois millions...

— Et elle, l'artiste peintre ?

— Zamfira Darvari, ou quelque chose de ce genre. Elle prétendait être d'abord sculpteur...

— Tu l'as revue ?

Manole hocha la tête de nouveau :

— Je l'ai aperçue deux ou trois fois, mais elle ne m'a pas vu ou a fait semblant de ne pas me voir. Un jour, elle était avec tout un groupe...

— Toujours aussi jeune et belle ? coupa Condurachi.

Manole lui mit la main sur l'épaule :

— *Mon cher**, tu ne vas pas me croire, mais

elle a terriblement vieilli. Elle est méconnaissable ! Je ne vais pas tourner autour du pot : la dernière fois que je l'ai aperçue, au printemps dernier, c'était carrément une vieille !

Eleazar s'arrêta brusquement au milieu de la pièce.

— Tu m'écoutes ou tu préfères regarder par la fenêtre ?

— Je t'écoute, répondit Lorint, mais je ne peux pas m'empêcher de regarder par la fenêtre en même temps. *Jamais automne ne fut plus beau...*

— Alors allons dans le jardin et parlons d'autre chose.

Lorint se rassit dans son fauteuil.

— Non, non, je te l'ai dit très sincèrement, ça m'intéresse. Parce que, ou bien c'est moi qui n'y comprends plus rien ou bien c'est toi qui fais une confusion quelque part...

— Je ne fais pas la moindre confusion. Je t'ai d'ailleurs lu des passages de la lettre d'Adrian. Tout a commencé à cette soirée où deux filles se sont saoulées et ont voulu aller aux cabinets. Elles ont glissé et elles sont tombées au beau milieu du salon. Elles gigotaient pour essayer de se relever et alors, avec leurs jupettes aussi minces que courtes, tu te figures ce que ça a donné et ce qu'on pouvait voir. Surtout que les autres, nous tous, sauf Adrian et Leana, nous étions aussi plus ou moins ivres. Viki a voulu les aider mais, comme elle était pompette et qu'elle essayait de les relever toutes les deux en même temps, elle a trébuché et elle leur est tombée dessus et alors plus personne n'a osé les aider, parce qu'elles se tordaient de rire par terre toutes les trois, elles se roulaient sur le tapis, et Dieu sait ce qui aurait pu se passer si Elefterescu ne s'était pas dressé d'un bond, pâle, tremblant presque d'émotion, et s'il ne s'était pas écrié : « C'est ce qui est arrivé au prince Siddharta ! »

— Qu'est-ce qui lui prenait ? demanda Lorint, amusé.

— Il avait lu une vie de Bouddha et depuis, chaque fois qu'il en avait l'occasion, au bureau ou quand on faisait la fête, il ne nous parlait plus que de ça : comment, un jour, le prince Siddharta avait vu un malade pour la première fois et puis, un autre jour, un mort, pour la première fois aussi... tu connais l'histoire. Nous, nous la connaissions tous, il nous l'avait racontée je ne sais combien de fois, les filles la connaissaient aussi. Et elles se sont sans doute rappelé la gravité avec laquelle Elefterescu nous racontait — oh ! combien de fois et presque toujours dans les mêmes termes —, elles se sont rappelé la gravité avec laquelle il nous racontait *le Grand Départ*, avec des majuscules évidemment, la nuit où Siddharta a quitté sa famille, son palais et son harem. Comment il a vu alors, en traversant le gynécée, comment il a vu toutes ses concubines dormir nues dans toutes sortes de postures grotesques et impudiques et comment cette ultime, cette suprême vision de l'Éternel Féminin a été de la plus haute utilité au prince Siddharta quand il est devenu l'ascète Gautama…

— Je m'aperçois que toi aussi tu t'en souviens bien, de la vie de Bouddha, remarqua Lorint.

— Mais lequel de ses collègues et de ses amis ne s'en souvient-il pas? Il nous la répétait jusqu'à l'exaspération.

— Et les filles qui gigotaient par terre?

— C'est ce que j'avais commencé à te raconter. Elles se sont vraisemblablement rappelé aussi *le Grand Départ* et la scène du gynécée et alors elles se sont mises à rire d'une façon encore plus hystérique, elles se roulaient sur le tapis, elles jouaient un peu la comédie, elles essayaient d'avoir l'air lubrique, et Vera lui a crié : « Siddharta! les Écritures se réalisent. C'est le moment ou jamais de tout quitter et de partir pour l'Himalaya! » Lui, Elefterescu, il restait debout, toujours aussi pâle, comme une statue, il n'y avait que ses lèvres qui tremblaient. Ensuite, Elvira, qui se trouvait près de lui, assise à table, pas mal grise aussi, a éclaté en sanglots et lui a crié : « Siddharta! je suis ton épouse, ta très chère Yasodhara, ne m'abandonne pas, moi!… » Mais les trois autres filles continuaient à se rouler sur le tapis, provocantes, et criaient : « Si, qu'il s'en aille, il doit s'en aller, pour accomplir son destin! » Au bout de la table, quelqu'un, je ne sais plus qui, a voulu intensifier le spectacle et est vite allé éteindre la lumière. Tout le monde s'est mis à crier, à hurler, à chanter, à rire. On aurait dit une de ces « orgies » pareilles à celles des romans que lisaient nos parents. Certains criaient : « Lumière ! Rallumez ! » D'autres répétaient sur l'air des lampions : « *À poil ! À poil* !* » Tout cela n'a pas duré plus de deux ou trois minutes. Mais, quand on a rallumé, Elefterescu avait disparu. Et c'est ainsi que ça a commencé...

Lorint jeta un regard par la fenêtre et haussa les épaules. Puis :

— Je ne vois pas le rapport avec ce que nous voulons faire, plus exactement le rapport avec le spectacle de Ieronim.

— Alors, c'est que tu n'as pas bien écouté quand je t'ai lu des fragments de la lettre d'Adrian. Parce que, j'ai oublié de te le dire, lorsqu'on a rallumé et qu'on s'est aperçu qu'Elefterescu avait disparu, Adrian s'est levé, très pâle lui aussi, il remuait les bras pour nous demander de nous calmer, mais rien à faire, le vacarme ne s'est pas apaisé. Moi, pourtant, je l'ai bien entendu, je me trouvais assez près de lui, à table, et j'avais pitié de Leana, qui semblait effrayée, désespérée... Tu connais son histoire, c'est-à-dire la leur, avec Orphée et Eurydice ?

— Je la connais, bien sûr.

— Adrian était dans l'une de ses périodes de lucidité et nous nous étions tous réjouis en apprenant qu'il s'était remis à écrire... Mais ce n'est pas ça que je voulais te dire en ce moment.

Je voulais te dire que j'ai entendu Adrian. Il tentait de nous convaincre de la gravité de ce qui s'était passé. « Moi, je reste un Occidental, disait-il, j'ai la mythologie à laquelle j'ai été destiné, mais je sais ce que signifie la révélation du message d'un mythe. Si Elefterescu s'est révélé le secret du mythe qui l'obsède, il n'y échappera plus. Ou bien il suivra son modèle, avec tous les risques que cela implique, ou bien il lui résistera, et alors il se fera écraser ! »

— D'accord, mais nous connaissons tous Adrian, dit Lorint. C'est un poète, tout ce qui arrive autour de lui, il le traduit à travers son mythe personnel.

— Mais il ne s'agit pas seulement de ça, reprit Eleazar, pas seulement du fait qu'il a été impressionné par la disparition d'Elefterescu. Il s'agit de ce que dit Adrian dans sa lettre de cet été, dont je t'ai lu des passages. Je ne sais pas comment, là où il se trouve, il a pu entendre parler de votre spectacle, toujours est-il qu'il a aussitôt remarqué le rapport : tout est parti de là, de cette soirée-là. Parce que le lendemain, au bureau, quand nous avons revu Elefterescu, nous nous sommes mis à le taquiner : « Toujours là, Siddharta, toujours là, parmi les putes et les Bucarestois ? » Il a fait semblant de rire, bien sûr, mais on sentait qu'il y avait quelque chose de *changé* en lui.

— De changé ? s'étonna Lorint. Dans quel sens ?

— Il sentait peut-être que ce qui était arrivé la veille au soir aurait pu avoir une certaine signification. Je te l'ai dit : il avait lu la vie de Bouddha.

— D'accord, d'accord, grommela Lorint, impatient, mais je ne vois toujours pas le rapport avec ce que nous faisons...

Eleazar commença à marcher de long en large dans la pièce, à grands pas, comme s'il cherchait à apaiser son exaspération. Il s'arrêta soudainement devant Lorint.

— Est-ce qu'il n'est pas question, dans votre spectacle, d'un bodhisattva et de Buchenwald ?

Lorint haussa les épaules :

— D'une certaine manière, il en est question aussi. Mais Ieronim présente les choses tout autrement. D'abord, il n'y a rien, même pas une allusion, à propos de Siddharta qui est devenu Gautama Bouddha, et tout le reste. Celui qu'on appelle bodhisattva, parce que nous ne pouvons pas l'appeler autrement — je te répète que nous ne voulons pas en faire un saint ou un martyr au sens chrétien du terme —, celui qu'on appelle bodhisattva est un ancien ingénieur, pacifiste et donc antinazi, déporté comme tant d'autres à Buchenwald.

Eleazar écoutait, impassible, un sourire narquois au coin des lèvres.

— Je vais essayer de me résumer, dit-il lorsque Lorint tourna de nouveau la tête vers la fenêtre ouverte. Quand tout cela est arrivé, on ne savait rien de Buchenwald. C'était l'automne 1939. La guerre venait seulement de commencer. Mais, petit à petit, nous nous sommes convaincus qu'Elefterescu avait pris le bouddhisme au sérieux. Il lisait tous les bouquins qui lui tombaient sous la main et il commençait à nous taper sur le système avec ses théories...

— Quelle sorte de théories ?

— Ses théories bouddhistes, ce qu'il avait lu dans des livres. Celle-ci surtout : « Supposons, disait-il, supposons, même pour rire, qu'un nouveau Bouddha, qu'un bodhisattva se trouve parmi nous. Comment le reconnaîtrions-nous ? »

— Ça commence à devenir intéressant ! s'exclama Lorint. Voyons la suite.

— J'étais sûr que tu saisirais aussitôt le rapport si tu m'écoutais attentivement. Par conséquent, comment le reconnaîtrions-nous ? Car il ne se réincarnera pas dans une famille princière et n'apparaîtra pas non plus d'emblée comme un génie ou un saint. Il sera un homme pareil à tous les autres. Il fera son régiment, il aura un métier et, même s'il ne se marie pas, il vivra comme monsieur tout le monde. Mais, évidemment, en se réincarnant pour apporter le message du salut, ou de la libération, appelle-le comme tu voudras, il sera obligé à un moment donné de *prêcher*, de proclamer publiquement son message.

Il se tut soudain, s'approcha de la fenêtre ouverte, puis fit demi-tour et s'arrêta devant Lorint.

— Alors, c'est là qu'on le coinçait, avec nos questions. « D'accord, lui disions-nous, mais il aura beau ressembler comme deux gouttes d'eau à n'importe lequel d'entre nous, dès qu'il prêchera il révélera son identité. Il sera donc reconnu en tant que bodhisattva.

— Et qu'est-ce qu'il vous répondait ?

— Il ne savait pas trop quoi répondre. Selon lui, l'une des philosophies, des gnoses ou des sectes religieuses ou encore l'une des créations artistiques contemporaines camouflait *peut-être* — je reconnais qu'il disait toujours *peut-être* —, camouflait *peut-être* une nouvelle version du salut, formulée pour notre époque et en des termes accessibles à notre culture, formulée, proclamée, disait-il, par un bodhisattva.

— Très intéressant, dit Lorint, pensif. Mais es-tu sûr qu'il mentionnait, à côté des philosophies et des gnoses religieuses, *les créations artistiques contemporaines* ?

Eleazar haussa les épaules, embarrassé :

— Au bout de tant d'années, je ne peux pas répéter exactement ses mots ou ses expressions. En tout cas, il lisait surtout des bouquins de philosophie et d'histoire des religions...

— Bon, maintenant continue. Qu'est-ce qu'il est devenu ?

— Elefterescu ? Il est mort au front, dès les premiers jours de la guerre, en juillet 1941...

— Quel dommage ! s'exclama Lorint en se levant brusquement. C'était quelqu'un d'intéressant. Il aurait plu à Ieronim... Mais je peux t'assurer que, même s'il en a peut-être entendu parler, de cet Elefterescu, Ieronim ne s'est pas inspiré de son « cas ». Le spectacle est construit dans une perspective tout à fait différente.

— Mais l'idée qu'un nouveau bodhisattva sera fatalement camouflé et, par conséquent, anonyme ? Où l'a-t-il prise, celle-là ? Je t'ai pourtant lu tout à l'heure des fragments de la lettre d'Adrian.

— Je sais, je sais. Mais, je te le répète, même si Ieronim a entendu parler de l'idée d'Elefterescu, de l'impossibilité de reconnaître un bodhisattva contemporain, son spectacle est construit différemment et recherche autre chose.

— Quoi au juste ? interrogea Eleazar, irrité.

— Je ne suis pas autorisé à te le dire. Je peux seulement ajouter ceci : le chœur, la danse, la musique, les éclairages sont aussi importants que les dialogues. Ce qui est *dit* est également *montré*, et ce type de spectacle est entièrement nouveau... Au fond, reprit Lorint après avoir réfléchi pendant quelques secondes, je ne sais même pas si nous pouvons encore l'appeler « spectacle » dans le sens courant du mot.

Il s'apprêtait à partir, mais on eût dit qu'il n'avait pas le cœur de se séparer du jardin qu'il contemplait par la fenêtre. *Jamais automne...*, récita-t-il à voix basse.

— Bon, je comprends, dit posément Eleazar,

vous voulez en faire la grande surprise de la sai-
son. Mais dis-moi au moins comment il commence.

Lorint lui jeta un regard étonné, puis sourit
d'un air énigmatique.

— Je vais te le dire, bien que je sache que tu
ne me croiras pas. Et pourtant, la vérité, c'est
qu'*il n'y a pas de début !*

Eleazar éclata de rire :

— Tu te moques de moi !

— Ou alors, s'il en existe un, reprit Lorint,
nous ne l'avons pas encore trouvé. Ne crois pas
que nous ne l'ayons pas cherché. Nous conti-
nuons d'ailleurs à le chercher. Mais comment
reconnaître *le vrai début* alors que le spectacle
repose sur le plus banal des mystères, banal dans
le sens que nous nous y heurtons à chaque pas
et tous les jours ? Bref, il y aurait trop à dire...

Lorsqu'elle la vit de loin, chaussée de ses
bottes militaires, avec lesquelles elle marchait
d'un pas pesant et pourtant élégant entre les
congères, sous la neige qui n'arrêtait pas de tomber, depuis trois jours déjà, Maria da Maria s'enroula une écharpe autour de la tête, comme un
turban, et alla au-devant d'elle. Elles se rencon-
trèrent sous la véranda.

— Madame, murmura Maria, n'entrez pas
tout de suite, s'il vous plaît, la répétition vient
seulement de commencer et Ieronim est fou de

joie, il est méconnaissable... Il dit que cette fois-
ci...

Marina essuya lentement les flocons qui se posaient doucement sur ses joues et sourit.

— C'est pourquoi je suis venue, pour lui dire juste cela : il n'a pas besoin de chercher le début, il le trouvera sans chercher, sans effort.

Maria da Maria s'aperçut alors qu'elle pleurait.

— Pourquoi me regardes-tu comme ça? demanda Marina. Parce que je pleure ou bien parce que tu as l'impression que j'ai vieilli du jour au lendemain?

Mais elle ne lui laissa pas le temps de répondre.

— Ah ! si je savais répondre à cette question, combien d'autres réponses ne nous demande-raient-elles pas de les questionner encore une fois et puis encore une et encore une...

Un crachin triste tombait depuis plusieurs jours comme un brouillard gris. Ieronim s'arrêta sur le trottoir, devant la maison, et tira machi-nalement son béret de la poche de son imper-méable. Le béret à la main, il regarda pendant un moment les trois ouvriers qui, sur le toit, s'ap-prêtaient à jeter dans la cour de grands mor-ceaux, presque carrés, de tôle rouillée. Ieronim mit son béret, en l'enfonçant un peu sur le front. Puis il chercha des yeux un endroit par où il pourrait traverser, entre les flaques d'eau, de boue, d'huile noire de camions. Le dernier, chargé de pièces de charpente, de ferronnerie, de maçonnerie, il l'avait vu passer quelques minutes plut tôt au coin de la rue. À ce moment-là, il s'était hâté, de crainte d'arriver trop tard. Mais, de loin, il s'était rassuré. La maison paraissait encore entière, bien qu'amputée du grand escalier de l'entrée principale, sans portes, les fenêtres aveugles comme des orbites béantes. Cependant, lorsque, sur le trottoir, il était arrivé devant la porte de la cour, il avait constaté que les pièces du fond avaient disparu et laissaient voir, solitaire, un mur au papier bleuâtre lacéré depuis longtemps et, en haut, au premier, un restant de l'escalier en bois qui menait naguère au grenier.

Il fouilla encore une fois du regard, aussi loin qu'il put percer la bruine, mais il ne vit que cette même rue enterrée dans la boue, par endroits noyée dans les flaques. Ce fut à peine s'il entendit le bruit des plaques de tôle : elles étaient tombées sur un tas de gravats. Mais, un instant plus tard, il se rendit compte qu'on avait abattu le sapin et même essayé, en vain, d'en arracher les racines. Deux camions vides, aux capots fumants, stoppèrent devant la maison et Ieronim chercha un autre poste d'observation. Quelques ouvriers, équipés de casques métalliques, apparurent de derrière la maison. La pluie redoublait et la brume prenait des allures de brouillard, suffocant, au goût de fumée.

— J'étais sûre de te trouver là, entendit-il dans son dos.

C'était la voix de Marina. Il tourna brusquement la tête, énervé, mais se retrouva, sans l'avoir voulu, en train de sourire. Marina le regardait dans les yeux, elle souriait, une joie enfantine éclairait son visage comme si elle lui avait fait une farce.

— Comment l'as-tu su? lui demanda-t-il.

Marina se résolut à ouvrir son parapluie, mais elle le tenait penché très à gauche, afin de bien voir Ieronim.

— Je suis passée par ici ce matin, au moment où ils coupaient le sapin, répondit-elle. Je pense que tu n'as pas de regrets, demanda-t-elle rapidement, et une lueur coupable passa dans ses yeux.

Ieronim haussa les épaules puis enfonça un peu plus le béret sur son crâne.

— Des regrets, pourquoi? dit-il en tournant la tête vers la maison. Ça faisait longtemps que c'était une ruine, abandonnée même par les rats…

— Je demandais ça comme ça, comme on l'a appris à l'école, mais aussi dans certains romans, reprit Marina après un long silence. Le passé. Les vestiges sacrés du passé…

— Une partie de ma vie qui s'en va, coupa Ieronim, mon enfance et mon adolescence enterrées à jamais, sans laisser de traces, et cætera, et cætera…

Remarquant qu'il contemplait d'un air songeur le bras de l'excavateur sur le point de s'attaquer au mur revêtu de papier bleu, Marina ajouta :

— Et cætera, et cætera ! Tu as raison. Toute vie, aussi noble et unique qu'elle soit, peut se résumer à un moment donné dans cette formule : et cætera, et cætera.

— Nous sommes parfaitement d'accord, dit Ieronim, sans cesser de suivre les manœuvres de l'excavateur.

— Oui, mais j'ai peur que, bien que tu aies compris, tu ne voies *quand même* pas où doit mener cette compréhension...

Elle s'interrompit, en attendant que s'éteignît l'écho de l'écroulement de tout un mur, qui avait entraîné dans sa chute la moitié des pièces encore debout.

— Tu n'as plus à avoir peur, dit Ieronim, je sais où elle mène, cette compréhension-là. Je le savais depuis longtemps. Ce que je n'avais pas encore compris, c'était *le rapport*...

Il pleuvait de plus en plus fort et pourtant la poussière parvenait lentement jusqu'à eux, persistante. Ieronim fut pris d'une quinte de toux puis, le sourire aux lèvres, l'air d'excellente humeur, il chercha son mouchoir.

— Le rapport ? finit par demander Marina.

— Oui, le rapport entre les choses et les événements, tout ce qui se passe autour de nous...

L'un des deux camions s'enlisa juste devant

eux. Le chauffeur jeta le mégot qu'il avait gardé au coin de la bouche, jura et fit un signe du bras à un ouvrier qui se trouvait dans la cour.

— Au fond, poursuivit Ieronim d'une voix chaude, changée, maintenant aussi nous regardons les taches sur le mur, les taches que tu nous as montrées cet hiver. Pendant longtemps, je n'ai pas compris ce que tu voulais dire. Mais à présent je crois que je commence à comprendre.

— Seulement? soupira Marina, qui se décida brusquement à refermer son parapluie. Seulement à comprendre?

— Attends, dit Ieronim en souriant, je faisais juste l'historique de ma découverte...

Le camion démarra tout à coup et Ieronim essuya, avec un ravissement enfantin, les gouttelettes de boue qui lui avaient aspergé le menton.

— La leçon était trop simple, voilà pourquoi il m'a fallu deux mois pour la comprendre. Ne m'interromps pas, s'il te plaît, ajouta-t-il vite, d'une voix soudain exaltée. Tu as voulu nous dire une chose que, pour ma part, je connaissais depuis longtemps, mais je n'avais pas encore établi le rapport avec les taches d'humidité du mur. Tu as voulu nous dire que nous pouvions être *n'importe quand* et *n'importe où* heureux, c'est-à-dire libres, spontanés, créateurs. Pas besoin de paysages paradisiaques ni de présences nobles et enrichissantes, de musique angélique et ainsi de suite. *Ici,* comme partout ailleurs, *n'importe quand*, en toute circonstance — si nous savons comment regarder et *si nous comprenons*, alors...

— Ieronim, murmura Marina. Ieronim !

Il ne remarqua pas le moment où la pluie s'arrêta et où se dissipa le brouillard suffocant, dans un ciel éclairci, qui semblait s'élever et s'approfondir à la fois. Fébrile, il contemplait la lumière, de plus en plus forte, de plus en plus brillante, qui se répandait sur la ville et transformait les bâtiments en immenses cristaux, semblables à de longues flammes d'or et de pierres précieuses. Les cristaux s'élevaient, s'approchaient les uns des autres, confondaient insensiblement leurs feux.

— C'est donc vrai ! chuchota Ieronim sans se rendre compte qu'il parlait tout seul. Je savais bien que c'était vrai ! C'est ce qu'ils ont vu aussi...

Il était maintenant aveuglé, et pourtant il ne clignait pas des yeux, il était maintenant aveuglé par la lumière, comme si la ville eût été incendiée par une fantastique incandescence de glace.

— ... Je le savais, que c'était ce qu'ils ont vu aussi, eux, là-bas. Là-bas, à Buchenwald... Mais comment le montrer *aux autres ?* s'exclama-t-il en haussant brusquement la voix. Comment leur montrer que la même lumière est cachée partout, en toutes choses, aussi laides qu'elles soient ? Dans n'importe quelle tache d'humidité sur un mur, dans n'importe quelle flaque de boue ?

Il entendit alors sa voix et se tut, avec un sourire embarrassé. Son cœur se mit à battre de plus en plus vite et puis, tout à coup, s'arrêta, et, au même instant, il fut assourdi par un coup de tonnerre infini qui paraissait éclater de toutes parts en même temps et il comprit, mais sans le sentir, qu'il coulait, se perdait, dans une blanche, une surnaturelle incandescence…

— Ils sont fous ! s'entendit-il dire lui-même lorsqu'il aperçut quelques passants frileux courbés sous leurs parapluies. Qu'est-ce qui leur prend ?

Perplexe, il tourna la tête afin de les suivre du regard. Alors Marina le prit dans ses bras et l'embrassa sur les deux joues. Ieronim eut l'impression de rencontrer pour la première fois cette jeune femme, incroyablement belle, comme il n'en avait jamais rencontré dans sa vie, comme il n'en avait même pas rencontré en rêve. Muet, il la contemplait.

— Ieronim ! murmura Marina. Je savais bien qu'un jour je te retrouverais !

Chicago, mars 1974

Composition Bussière.
Impression Novoprint
à Barcelone, le 14 avril 2009.
Dépôt légal : avril 2009.
ISBN 978-2-07-038666-6./Imprimé en Espagne.

164021